DE LA MÊME AUTEURE

LES CORDES DE CRISTAL
Épisode 1

Catalogage avant publication de Bibliothèque et Archives nationales du Québec et Bibliothèque et Archives Canada

Robillard, Anne

Les cordes de cristal

ISBN 978-2-923925-16-5 (v. 1)

I. Titre.

PS8585.O325C67 2012   C843'.6 C2012-940815-8
PS9585.O325C67 2012

Wellan Inc.
C.P. 57067 - Centre Maxi
Longueuil, QC   J4L 4T6
Courriel : info@anne-robillard.com

Couverture : Jean-Pierre Lapointe
Mise en pages : Claudia Robillard
Révision : Annie Pronovost

Distribution : Prologue
1650, boul. Lionel-Bertrand
Boisbriand, QC   J7H 1N7
Téléphone : 450 434-0306 / 1 800 363-2864
Télécopieur : 450 434-2627 / 1 800 361-8088

Dépôt légal - Bibliothèque et Archives nationales du Québec, 2012
Dépôt légal - Bibliothèque et Archives Canada, 2012

Anne Robillard

LES CORDES DE CRISTAL
Épisode 1

Californie, début des années 1970

Il était une fois, entre Palm Springs et Los Angeles, une petite ville qui portait le nom de Kennenika. À vrai dire, avant l'arrivée dans la région de Derek Sands, un musicien rock qui avait hérité d'une fabuleuse fortune au décès de son père, il n'y avait là que du sable, des cactus, des yuccas, des arbres de Josué et de petites forêts de sycomores. Afin de s'isoler des distractions de la côte ouest et se concentrer davantage sur sa musique, Derek s'était fait construire une immense maison au milieu de nulle part. Mieux encore, pour ne pas être importuné, il avait acheté des milliers d'hectares de terre et s'était installé tout au centre. Puisqu'il avait beaucoup d'argent, il n'avait eu aucune difficulté à persuader l'entreprise Southern California Edison d'amener une ligne électrique jusque chez lui.

Derek était le chanteur et le guitariste d'accompagnement du groupe Texas Gray Wolf depuis plus de dix ans déjà. TGW, comme se plaisaient à l'appeler les fans, était composé de musiciens à la fin de la trentaine. Sa musique avait évolué avec les années, mais était toujours demeurée très centrée sur le rock engagé. Son guitariste soliste s'appelait John Peter Wade, que l'on surnommait affectueusement Jippy. Contrairement à Derek, qui était devenu riche du jour au lendemain, Jippy avait patiemment économisé afin de créer un jour son propre studio d'enregistrement.

Le groupe répétait depuis quelques années sur le ranch du chanteur, auquel celui-ci avait donné le nom d'O.K. Corral, en souvenir de la plus célèbre fusillade dans l'histoire de la conquête de l'Ouest. Toutefois, le petit studio privé de Derek ne serait plus assez performant pour produire leurs prochains albums. Alors, après une longue fin de semaine de répétition, Jippy laissa partir le claviériste Branco Collier et le bassiste Whisky Harlow, et ne garda auprès de lui que Souï Brent, le batteur qui était sous sa garde juridique.

Jippy rangea ses guitares sans se presser. Il allait bientôt avoir quarante ans, mais parfois, il semblait en avoir cent, tellement il était sérieux. Derek le connaissait depuis longtemps et il ne l'avait pas souvent vu sourire. Il portait toujours ses cheveux à l'épaule, des blue jeans et un blouson de cuir noir. Contrairement à bien d'autres artistes de son âge, il n'avait pas pris de poids depuis le début de sa carrière. Même s'il avait encore son physique d'adolescent, il suffisait de l'écouter jouer pour comprendre que son expérience remontait très loin. Jippy Wade était l'un des meilleurs guitaristes de son époque, un pionnier des longs solos à fendre l'âme.

Derek et Jippy avaient épousé leurs amies d'enfance. Quant à Branco, il venait tout juste de se faire passer la corde au cou par une de ses admiratrices. Whisky, pour sa part, changeait si souvent de petite amie que les membres du groupe étaient incapables de se rappeler leurs noms. Souï était le seul célibataire de TGW et il le resterait sans doute jusqu'à la fin de sa vie, car une maladie mentale l'empêchait de vivre normalement. Il avait le corps d'un homme de trente ans, mais l'esprit d'un enfant de dix ans. Jippy était devenu son tuteur légal. Sa femme et lui en prenaient soin comme ils avaient pris soin de leurs propres enfants, sauf qu'il ne vieillirait jamais et qu'il ne quitterait jamais le nid.

– On dirait que tu veux me parler, lâcha Derek en se juchant sur un tabouret.

Physiquement, les deux guitaristes ne se ressemblaient pas du tout. Jippy, grand et mince, arborait des cheveux blonds et des yeux noisette, tandis que Derek était de taille moyenne, aux épaules musclées. Ses cheveux noirs comme la nuit grisonnaient sur les tempes, et ses yeux bleus rappelaient la clarté d'un ciel d'été. En plus d'être des musiciens complémentaires, les deux hommes étaient aussi de bons amis.

– Mon petit doigt me dit que c'est au sujet du terrain dont je t'ai parlé, poursuivit Derek.

– Je suis allé le voir avant d'arriver vendredi. L'emplacement est magnifique, mais la présence de la rivière m'inquiète un peu.

– Si tu as peur qu'elle déborde de son lit, ce ne sera pas un problème, car elle a plutôt tendance à s'assécher tous les cinq ans.

– Je pensais plutôt à l'érosion.

– Laisse-moi te montrer quelque chose.

Jippy jeta un œil à Souï et vit qu'il jouait avec les chats de la maison. Il le laissa donc seul dans la pièce attenante au studio et suivit Derek dans son bureau. Sur le mur, il avait fixé un plan géant de sa propriété.

– S'il est vrai que la région est en majeure partie sablonneuse, cette partie de mes terres se trouve sur un solide fond rocheux. C'est pour cette raison que j'y ai fait bâtir le ranch. Un tremblement de terre ne pourra pas faire bouger le sol et engloutir les bâtiments, comme c'est déjà arrivé ailleurs en Californie.

Derek appuya le bout de son index de l'autre côté de la chaussée qu'il avait fait construire à partir de l'autoroute.

– Si tu bâtis ton studio à cet endroit, il sera également sur le roc.

– Ma première idée, c'était que personne ne puisse le voir à partir de la route.

– Mon ami, personne ne vient jusqu'ici, à moins d'être perdu.

Jippy resta un long moment à étudier la carte géographique. Derek ne le pressa pas. Il était bien placé pour savoir qu'il fallait bien réfléchir avant d'acheter un aussi vaste terrain.

– Évidemment, je te le fais à un prix d'ami, chuchota-t-il finalement.

– Pourquoi?

– Parce que je veux être entouré uniquement de gens que j'aime jusqu'à la fin de ma vie.

– C'est une bonne raison. Je vais en parler à Talia, ce soir, et je te ferai bientôt connaître ma décision.

– Ce n'est pas urgent.

– Est-ce que tu vas encore passer la semaine seul dans ce coin perdu?

– C'est le prix à payer quand on est marié à une actrice célèbre, répondit Derek en haussant les épaules. Stéphanie devrait être de retour à la fin du mois, si tout va bien sur le plateau de tournage.

La femme de Jippy, pour sa part, était la fille d'un juge, mais elle n'avait jamais eu l'ambition d'embrasser une carrière juridique. Elle avait mis ses trois enfants au monde avant même d'avoir vingt ans et, puisque son mari était constamment parti en tournée, elle avait choisi de rester à la maison pour les élever. Maintenant que leurs deux fils avaient quitté le nid et que leur fille étudiait à l'université, pour passer le temps, Talia avait commencé à travailler chez un fleuriste, où elle pouvait donner libre cours à son imagination.

Lorsque Jippy lui avait exposé son projet de bâtir son studio au milieu de nulle part et, en plus, de construire sa maison sur le même terrain, Talia l'avait écouté avec attention. Cet isolement signifiait qu'elle ne verrait sa fille Tasha qu'après ses études, à condition que cette dernière ne se trouve pas un travail à Los Angeles. Il lui faudrait aussi laisser tomber les fleurs. Mais Talia était toujours amoureuse de son mari musicien et elle était prête à le suivre à l'autre bout du monde.

Les travaux de construction de la maison et du studio d'enregistrement, qui porterait le nom de Tex-son, du- rèrent un peu plus de dix-huit mois. Heureusement, TGW était en train d'enregistrer un album dans le seul studio qui était complété, alors Jippy put en surveiller la progression. S'il avait été en tournée, Talia aurait été obligée de s'en occuper à sa place et il ne voulait pas lui imposer une telle tâche. Le couple emménagea donc à quelques kilomètres du ranch de Derek.

L'autre difficulté, que Jippy n'avait pas envisagée, fut de persuader du personnel de venir travailler aussi loin de la civilisation. C'est alors que Derek eut l'idée de bâtir de petites maisons à la sortie de l'autoroute, un peu comme les militaires le faisaient autour de leurs bases aériennes. Il en fit d'abord construire six, de chaque côté du chemin qui menait à Tex-son. La première fut occupée par la seule réceptionniste qui avait répondu à l'annonce parue dans les journaux locaux plusieurs semaines auparavant.

Amanda Carter était une jolie rousse de vingt ans. Elle n'avait pas réussi à se trouver un emploi à sa sortie de l'école de secrétariat et avait désespérément besoin d'un salaire régulier. Aucun autobus ne desservait la route menant au studio et les taxis ne se rendaient pas jusque-là. Jippy fut donc forcé d'ajouter une voiture aux conditions de travail de la réceptionniste. Vint ensuite le problème de trouver la clientèle. Dans les années 1970, les musiciens ne voyaient pas encore l'utilité de s'isoler afin d'enregistrer leurs albums en paix.

Jippy utilisa donc les moyens à sa disposition pour attirer des artistes de la chanson : les journaux et le bouche à oreille. Il allait bientôt partir en tournée aux États-Unis et il voulait que ses nouvelles installations commencent à servir à quelqu'un. À son retour, il ferait un peu de prospection dans les clubs de la côte s'il n'avait pas obtenu suffisamment de contrats.

TGW était sur le point de monter dans l'autobus converti en salon bordé de couchettes lorsqu'un curieux personnage se présenta à Tex-son. Captant l'inquiétude dans la voix d'Amanda qui lui annonçait son arrivée dans l'intercom, Jippy s'empressa de venir l'accueillir lui-même. Le guitariste avait rencontré bien des gens bizarres depuis le début de sa carrière, mais personne qui ressemblât de près ou de loin à Simon Maccrie. Ce dernier était entièrement vêtu de cuir noir, y compris un long manteau qui touchait presque à terre et des bottes semblables à celles des motocyclistes. Ses cheveux sombres, séparés par une raie au milieu, lui atteignaient les fesses. Ses oreilles percées à de multiples endroits étaient décorées d'anneaux métalliques. Mais ce qui frappait le plus chez lui, c'étaient sa peau aussi blanche que la neige et ses yeux du même turquoise que les eaux tropicales.

Simon était marginal dans son apparence, mais aussi dans sa musique, lourde et rythmée, aux paroles empreintes de mythologie. Au lieu de formuler ses messages et ses critiques en mots clairs et simples, comme la plupart des groupes rock de son temps, il les imageait à l'aide de récits mettant en scène des dragons, des sorciers et des créatures fantastiques.

Jippy se félicita de ne pas l'avoir jugé en fonction de son allure, lorsqu'il plaça la cassette du groupe Arial dans le magnétophone de son bureau. Les chansons étaient enlevantes, voire envoûtantes. La voix de Maccrie était énergique et enivrante. Tandis qu'il écoutait la démo, Jippy vit un sourire énigmatique se former sur les lèvres du chanteur, assis dans le fauteuil devant lui.

– Comment se fait-il que vous n'ayez pas encore de contrat avec une maison d'enregistrement? s'étonna le patron de Tex-son.

– Rien ne pressait.

– Depuis combien de temps le groupe se produit-il en spectacle?

– Trois ans, maintenant. Il fallait peaufiner notre style.

– C'est excellent et… inusité.

– Nous n'aimons pas mâcher ni nos mots, ni notre musique.

– Combien de membres compte Arial?

– Cinq.

– Quand pourriez-vous commencer à enregistrer?

– Demain.

Jippy haussa un sourcil.

– Nous avons suffisamment de matériel pour trois albums, affirma Simon, mais nous commencerons par le premier.

– Je pars en tournée ce soir.

– À moins que tu sois ingénieur du son, nous n'aurons pas vraiment besoin de toi.

Jippy se félicita d'avoir embauché le meilleur technicien de l'Ouest américain, mais voudrait-il se mettre au travail aussi rapidement ?

– Combien de temps seras-tu parti ? demanda Simon.

– Deux mois.

– Nous aurons presque terminé l'enregistrement. Il ne restera que le mixage.

– Il faudrait pour ça que vous soyez ici tous les jours.

– Y a-t-il un motel dans la région ?

– Je crains que non, mais vous pourriez louer une des petites maisons près de la sortie de l'autoroute.

– Sans doute.

Jippy déposa le contrat devant le musicien. C'était le document standard qu'utilisaient la plupart des studios. Simon le parcourut sans se hâter.

– Y a-t-il quelque chose que vous aimeriez ajouter ? demanda le patron de Tex-son.

– Pas avant de t'avoir prouvé qu'Arial est le meilleur groupe de tous les temps.

– Entendu. Alors, bienvenue chez moi.

L'assurance tranquille de Simon Maccrie lui inspirant confiance, Jippy partit en tournée en demandant toutefois à la réceptionniste de noter tout ce qui se passerait durant son absence.

Le groupe Texas Gray Wolf était habitué de se produire en spectacle. Il faisait des tournées depuis plus de dix ans déjà. Jippy Wade n'avait jamais eu à se soucier de quoi que ce soit tandis qu'il jouait de la guitare presque tous les soirs devant ses admirateurs. Toutefois, depuis qu'il avait fait construire son studio, il avait plus de difficulté à se concentrer. Il donnait quotidiennement un coup de fil à Amanda pour s'assurer que tout se passait bien à Tex-son. La réceptionniste n'aimait pas Simon Maccrie, dont le regard lui glaçait le sang, mais elle n'arrêtait pas de parler en bien de son batteur, un dénommé Marlon Stone. Jippy n'avait pas eu le temps de rencontrer tous les membres d'Arial, mais il se promettait de passer du temps avec eux dès son retour.

Le guitariste appelait aussi à la maison pour prendre des nouvelles, même s'il savait que Talia allait lui dire exactement la même chose que la veille : leur fille obtenait toujours de bonnes notes, Sonny, leur aîné, qui avait fait des études en arts dramatiques, continuait de briller dans le téléroman où il interprétait un brillant homme d'affaires, et personne ne savait où était Nico, leur cadet. Les enfants de Jippy étaient des adultes et il leur accordait sa confiance, puisqu'il les avait élevés de façon à ce qu'ils puissent se débrouiller seuls dans la vie. Nico finirait bien par donner signe de vie, un jour ou l'autre.

Au milieu de la tournée américaine se produisit un autre changement dans la vie de Jippy. C'était à New York, un soir de pluie. Le groupe qui devait assurer la première partie du spectacle s'était désisté le matin même, à la suite d'un accident de la route dans lequel le chanteur avait été grièvement blessé. Au grand étonnement non seulement de TGW mais aussi du monde de la musique, Keith Roe avait accepté de dépanner le groupe californien.

Keith était une légende sur la côte est des États-Unis. Il avait commencé sa carrière dans les clubs et n'avait jamais fait le grand saut vers les palais de sport et les stades couverts. En fait, c'était la première fois qu'il acceptait de jouer devant vingt mille personnes. Jippy ne le connaissait que de réputation, puisque les deux guitaristes habitaient aux deux extrémités du pays. Keith avait épousé Suzi Volpino, chanteuse et bassiste. Ils avaient trois garçons, dont deux guitaristes de l'âge des aînés de Jippy et un gamin de dix ans qui les suivait partout.

Ce soir-là, laissant Souï sous la surveillance des autres membres du groupe, Jippy quitta la loge de TGW bien avant l'heure de sa prestation, afin de voir Keith à l'œuvre. Le musicien new-yorkais était reconnu pour ses solos de guitare chargés d'émotion. Il possédait également le talent de chanter tout en exécutant ses solos, ce que Jippy n'avait jamais réussi à accomplir. C'était d'ailleurs pour cette raison qu'il s'était associé à Derek Sands.

Les lampes de l'immense salle s'éteignirent et la tension devint palpable. Jippy se faufila au milieu de l'équipe de soutien, sur le côté de la scène. Les projecteurs s'allumèrent alors tous en même temps sur le premier accord du plus grand succès de Derringer, le groupe que Keith avait fondé. Personne ne commençait un spectacle de cette façon. On gardait toujours les meilleures chansons pour la fin… Le culot du New-Yorkais plut aussitôt à Jippy.

Keith portait un blue jeans, un t-shirt blanc sous un blouson de denim usé, ainsi que des espadrilles. Mince, mais pas très grand, ses cheveux blond foncé dépassant ses épaules, il affichait l'énergie d'un adolescent dès qu'on lui mettait une guitare entre les mains. Pourtant, il approchait la quarantaine. Keith possédait le talent de faire lever son public avec des pièces rock endiablées, puis de le faire fondre sur place avec des ballades à s'arracher le cœur.

Après le second rappel, le groupe quitta la scène afin que les techniciens de TGW la préparent pour le groupe vedette. Keith remit sa guitare à son machiniste et pénétra dans le couloir qui menait aux loges. Il arriva alors nez à nez avec Jippy.

– Magnifique performance, le félicita le Californien.

– Venant de Jippy Wade, c'est un compliment que je ne suis pas près d'oublier.

Le large sourire sur le visage inondé de sueur du guitariste était on ne peut plus sincère. Jippy lui serra chaleureusement la main.

– Puis-je savoir pourquoi tu as accepté de remplacer Sun Castle, ce soir ?

– Uniquement pour vous donner un coup de main, puisque nos enfants travaillent ensemble.

– Nos enfants ? s'étonna Jippy.

– Ton fils Nico et mes fils Hayden et Ian, évidemment.

– Nico est à New York ?

– Tu l'ignorais ?

Un technicien passa alors près de Jippy et lui donna une claque amicale sur l'épaule.

– Tu devrais te préparer, lui recommanda-t-il.

– Keith, si c'est possible, peux-tu m'attendre ? demanda Jippy.

– Oui, bien sûr.

Le guitariste de TGW rejoignit le reste du groupe, qui aimait se réunir avant chaque spectacle. Il joua avec sa solidité habituelle en faisant de gros efforts pour ne pas penser à son cadet, qui se trouvait à des milliers de kilomètres de la maison. Lorsqu'il quitta finalement la scène, il réintégra sa loge, où Keith était en train de boire du thé. Il poussa Souï en direction des douches et prit place devant le guitariste de Derringer.

– Merci d'être resté, se réjouit Jippy. Mais, avec tout ce que nous offrons à nos visiteurs, pourquoi avoir choisi du thé ?

– Je ne bois pas d'alcool.

– Pas même une bière en regardant le football ?

Keith secoua négativement la tête. Ses yeux bleus étincelaient de franchise.

– J'imagine que tu veux entendre parler de ton garçon, fit-il plutôt.

– Nico est un rebelle. J'essaie de ne pas trop m'immiscer dans la vie personnelle de mes enfants, surtout depuis qu'ils sont adultes, mais j'avoue que j'aurais bien aimé savoir qu'il était ici.

– Il travaille dans le plus grand secret avec Hayden et Ian. Je n'ai entendu que quelques mesures d'une de leurs compositions et je dois avouer que c'est excellent. Rien à voir avec notre musique à nous.

– Ce n'est pas du rock?

– C'est du *rythm and blues* très innocent, mais toutefois ensorcelant.

– Nico?

– J'ai eu la même réaction que toi, mais ma femme m'a fait comprendre que les enfants ne sont pas obligatoirement des copies conformes de leurs parents. Tout ce que je désire, c'est qu'ils soient heureux dans la vie.

– Tu as bien raison.

Un machiniste déposa une bière froide dans la main de Jippy et poursuivit sa route.

– Est-ce que tu es satisfait de ton studio d'enregistrement à New York?

– Il ne possède pas la plus récente technologie, mais je m'en contente, affirma Keith. Pourquoi me poses-tu cette question?

– Parce que je viens d'en créer un en Californie. J'ai des consoles modernes et un ingénieur du son extraordinaire.

Keith sirotait son thé en silence, mais il était évident dans son regard qu'il réfléchissait.

– De combien de studios disposes-tu? demanda-t-il, au bout d'un moment.

– Deux sont prêts, un troisième est presque terminé et j'ai encore de l'espace pour en construire deux autres.

– Pendant les heures d'enregistrement?

– Non, mais de toute façon, l'insonorisation est de première qualité.

Keith n'eut pas le temps de pousser son interrogatoire plus loin, car un des gardiens de sécurité venait de faire entrer deux visiteurs dans la loge. Jippy reconnut tout de suite la femme de Keith pour avoir vu sa photo dans plusieurs magazines sur la musique. Elle tenait par la main un petit garçon de dix ans qui était le portrait de son mari.

– Jippy Wade, je te présente mon épouse Suzi et notre petit dernier, Kevin.

Les yeux de l'enfant étaient d'un bleu si clair qu'il hypnotisait quiconque le regardait trop longtemps.

– Enchanté de faire votre connaissance, les salua Jippy après s'être arraché du regard de Kevin.

– Moi de même, affirma Suzi. Puisqu'il ne rentrait pas, nous sommes venus le chercher.

– Je voulais terminer mon thé, répondit Keith en se levant.

Kevin lâcha la main de sa mère pour venir s'accrocher à celle de son père.

– On se reparle, indiqua le guitariste à Jippy.

– Quand tu veux. Dis à mon fils que j'aimerais lui parler.

– Je lui ferai le message.

Keith passa son bras libre autour des épaules de Suzi et quitta la loge avec sa petite famille. C'était l'avantage de jouer dans la ville où on habitait: on pouvait rentrer chez soi à la fin de la soirée.

Lorsque la tournée prit fin, Jippy se laissa conduire chez lui dans un taxi dont le chauffeur était assez brave pour s'aventurer aussi loin dans la campagne californienne. Il était confortablement adossé sur la banquette arrière tandis que Souï somnolait près de lui, lorsqu'il aperçut quelque chose d'inhabituel à la sortie de l'autoroute qui menait à O.K. Corral et à Tex-son : une pancarte où il était écrit «KENNENIKA, population 10».

– Quoi ? s'exclama Jippy.

Souï sursauta et le chauffeur du taxi mit les freins.

– Est-ce que ça va ?

– Oui, ne vous arrêtez pas, le pria Jippy.

– Qu'est-ce que j'ai fait ? se désola Souï.

– Ça n'a rien à voir avec toi.

Jippy régla la course devant sa grande maison, à un kilomètre à peine des studios, et s'empressa de porter sa valise à l'intérieur. Talia vint aussitôt à leur rencontre, en compagnie de leur gros berger allemand. Souï se jeta à genoux devant l'animal, qui se mit à lui lécher le visage.

– Tu m'as manqué, Bogus !

Talia passa les bras autour du cou de son mari et l'embrassa longuement. Plus le temps passait, plus elle était belle. Elle portait maintenant ses cheveux blonds à l'épaule, alors que jadis, ils descendaient jusqu'à ses fesses. Ses yeux bleus étaient toujours aussi enjôleurs, malgré les petites pattes d'oie qui étaient apparues de chaque côté.

– As-tu vu la pancarte à la sortie de l'autoroute ? demanda Jippy en humant le parfum de sa femme.

– Évidemment.

– Bogus, je te parie que je peux me rendre à ma chambre avant toi ! lâcha Souï.

Le batteur s'empara de sa valise et se précipita dans l'escalier, qu'il grimpa avec fracas, le berger allemand sur les talons.

– N'est-ce pas que c'est génial ? poursuivit Talia.

– Qui l'a placée là ? Derek ?

– Non. C'est Marlon.

– Marlon ?

– Le batteur d'Arial. Un garçon charmant qui a des tonnes de bonnes idées et d'excellentes recettes, aussi.

– Je croyais que ce groupe n'était composé que de musiciens taciturnes et asociaux.

– Le seul qui répond à cette description, c'est Simon Maccrie. En plus, c'est un sorcier.

– J'ai besoin d'une bière…

Jippy entra dans la cuisine, sortit une bouteille du réfrigérateur et alla s'asseoir au salon, dont la grande fenêtre panoramique offrait une vue saisissante de la montagne au pied de laquelle Derek avait bâti son ranch.

– Il est inoffensif, aux dires de Marlon, s'empressa de préciser Talia en s'installant devant son mari. Il ne procède à ses rituels que chez lui.

– Si je comprends bien, ce Marlon est un plaisantin.

– Il est espiègle, toujours de bonne humeur et il ne sait pas mentir.

– Les sorciers n'existent que dans les contes d'enfants, Talia.

– Libre à toi de croire ce que tu veux.

Pour éviter une dispute futile et ridicule, Jippy se mit à lui parler des bons moments de sa tournée. Il l'aida même à préparer le souper et se blottit dans ses bras jusqu'au lendemain.

Tout de suite après le déjeuner, laissant Souï avec Talia, Jippy se rendit à ses studios afin de voir où en était Arial. Amanda sembla soulagée de le voir arriver à la réception.

– Heureuse que vous soyez de retour, monsieur Wade, le salua-t-elle. J'ai placé tous vos messages sur votre bureau et il y en a beaucoup.

– Dites-moi d'abord comment se comportent Simon Maccrie et compagnie.

– Ils sont polis, assidus, mais vraiment bizarres.

– Avez-vous appris à mieux les connaître depuis mon départ ?

– Seulement Marlon. Il est adorable.

– Avez-vous entendu leur musique ?

– Non.

– Vous n'êtes pas un tout petit peu curieuse ?

– Si, mais je ne veux pas qu'ils pensent que je m'intéresse à ce qu'ils font. J'habite à deux maisons de celle du groupe, monsieur Wade. Je n'ai pas envie d'avoir des problèmes.

– Je comprends.

Jippy fureta dans les feuilles roses qu'Amanda avait placées en ordre chronologique sur son bureau, puis gagna la cabine d'enregistrement du studio A. Sans faire de bruit, il se posta derrière Winfried Scharf, qui équilibrait la voix de Simon Maccrie. Celui-ci chantait la dernière composition d'Arial sur la sagesse des dragons. Les musiciens avaient déjà enregistré la bande sonore et il ne restait plus au technicien qu'à y ajouter les paroles.

Planté devant le micro, de l'autre côté de l'épaisse fenêtre, Simon chantait les yeux fermés et les mains appuyées sur les énormes écouteurs qui masquaient ses oreilles. Ses longs cheveux noirs en bataille lui donnaient un air de loup-garou. Il portait un débardeur et un pantalon de cuir noir. Jippy s'étonna de ne voir aucun tatouage sur la peau pâle de ses bras nus. Du coin de l'œil, le patron de Tex-son observa les quatre musiciens sagement assis à la droite de la console. Trois d'entre eux avaient des cheveux sombres et des traits asiatiques, alors que le quatrième était blond comme les blés. Ils étaient tous vêtus de cuir noir, sauf le blond, qui était en blue jeans et en t-shirt. Jippy attendit la fin de la chanson avant de se présenter.

– Magnifique, Simon ! s'exclama enfin Scharf.

Le technicien se tourna alors vers Jippy.

– Qu'est-ce que t'en penses ?

– J'ai rarement entendu une voix aussi puissante. Tout se passe à ton goût ?

– Travailler avec des types comme eux, c'est du gâteau.

Jippy fut incapable de réprimer un air de surprise.

– Ils savent ce qu'ils font et ils ne rechignent jamais lorsque je leur demande de recommencer une piste.

– Où en êtes-vous ?

– Nous avons suffisamment de chansons pour commencer à mixer l'album dans quelques jours.

– Excellent.

– Est-ce que tu connais les membres du groupe ?

– Je n'ai rencontré que Simon.

– Dans ce cas, je te présente Seashell Cheong, Volcano Yamamura, Albatros Fang et Marlon Stone.

Les musiciens le saluèrent d'un léger mouvement de la tête. Seul le blond se leva pour venir lui serrer la main.

– Je suis vraiment heureux de pouvoir faire enfin ta connaissance, affirma Marlon. J'ai tellement entendu parler de toi qu'il me semble déjà te connaître.

– Il ne peut pas y avoir tant d'informateurs que ça dans une population de dix âmes.

– Surtout qu'il n'y en a réellement que cinq sur ce nombre qui sont proches de toi.

Simon sortit du studio.

– J'aimerais que tu écoutes tout ce que nous avons enregistré jusqu'à présent, dit-il à Jippy sans que son visage affiche la moindre émotion.

– J'allais justement te le demander.

Le patron de Tex-son ne comprenait pas pourquoi il se sentait mal à l'aise en présence de cet homme, jusqu'à ce qu'il remarque enfin que Simon ne clignait presque jamais des yeux. Son regard turquoise était fixe comme celui des poupées de porcelaine.

– Winfried te remettra une bande aujourd'hui, ajouta Maccrie.

Il poursuivit sa route et quitta la cabine, aussitôt suivi de ses musiciens.

– Ils ne t'ont vraiment causé aucun ennui ? demanda Jippy au technicien.

– Ne vous fiez pas à leur apparence, monsieur Wade. Ce sont des professionnels. Vous pouvez être certain que j'aurais demandé des renforts s'ils s'étaient mis à faire du vaudou dans le studio.

– Du vaudou? Ce qu'on dit sur Maccrie est donc vrai?

– Je l'ai surpris à marmonner des paroles bizarres dans la salle de repos un matin.

– À l'endroit de ses musiciens?

– Non. Il était seul.

– Qu'est-ce qu'il essayait de faire?

– Je n'en ai aucune idée, mais je me suis senti menacé, alors j'ai reculé en silence et je me suis passé de café.

– Y a-t-il eu d'autres incidents semblables pendant mon absence?

– Pas à ma connaissance.

Jippy baissa les yeux sur la cassette qu'il tenait entre ses doigts en se demandant s'il n'avait pas commis une erreur en acceptant d'enregistrer le premier album d'Arial.

– Mais leur musique est vraiment exceptionnelle, ajouta Winfried pour le rassurer. Prends le temps de l'écouter.

– J'ai une dernière question. Pourquoi Simon Maccrie s'entoure-t-il de musiciens asiatiques?

– Je me suis demandé la même chose, alors je me suis adressé à Marlon.

Fallait-il que tout ce qui se passe à Tex-son tourne autour du batteur d'Arial?

– Apparemment, Maccrie a passé une partie de sa vie au Japon, mais c'est tout ce que j'ai pu apprendre. C'est un formidable chanteur, mais il tient à faire planer un certain mystère.

Jippy s'enferma donc dans son bureau et écouta toutes les pièces sur la cassette à plusieurs reprises. Aucun groupe rock sur Terre ne ressemblait à Arial. Maccrie n'hésitait pas à parler de sujets tabous, à critiquer ouvertement le gouvernement et à faire la morale aux hommes de son temps dans des récits de bêtes mythiques, de sorciers et de quêtes bien souvent infructueuses de la part de chevaliers désespérés. Il faisait même intervenir le diable lui-même dans certaines chansons grâce à des effets sonores vraiment inquiétants. Le rythme de la partie musicale était lourd et faisait vibrer les haut-parleurs du système de son de Jippy. Toutefois, Maccrie ponctuait la plupart de ses compositions de silences ou de passages où on pouvait entendre le vent ou le tintement lointain de cloches cristallines, sans doute destinés à faire réfléchir l'auditeur à ce qu'il venait d'entendre. Le style d'Arial était nouveau, mais provoquant. Le public était-il prêt à l'accueillir ?

Lorsqu'il éteignit finalement le gros magnétophone, Jippy s'aperçut qu'il faisait sombre. Il sortit de son bureau. Amanda était déjà partie. Il fit le tour des studios et ne trouva personne. Il verrouilla donc la porte principale et grimpa dans son jeep. S'il faisait chaud le jour dans cette région, les nuits étaient plutôt froides. Jippy remonta la fermeture éclair de son blouson de cuir et rentra chez lui.

Le regard noir de son épouse l'alerta lorsqu'il mit le pied dans l'entrée.

– Souï est dans sa chambre avec le chien et ton souper est dans la poubelle, annonça-t-elle en passant devant lui.

Incapable de prononcer un seul mot, le guitariste la suivit des yeux tandis qu'elle grimpait l'escalier qui menait à l'étage supérieur. Depuis le début de leur mariage, le couple s'était rarement querellé. Jippy comprenait que sa femme venait de vivre seule pendant deux mois dans leur grande demeure au milieu de nulle part. Il aurait dû surveiller l'heure afin de revenir plus tôt chez lui. La musique d'Arial était-elle à ce point envoûtante ?

Jippy alla se faire un sandwich afin de donner à Talia le temps de se calmer. Il mangea lentement, debout à la fenêtre de la cuisine. Soudain, il se rendit compte qu'une des chansons de Maccrie continuait de jouer dans ses oreilles. Il secoua la tête et se dirigea vers sa chambre pour faire la paix avec sa femme.

Pendant que Winfried et Maccrie procédaient au mixage du premier album d'Arial, Jippy se plongea dans la comptabilité de son entreprise. Elle ne lui rapportait pas encore d'argent, mais elle n'en perdait pas non plus. L'ultimatum que Talia avait servi à Jippy le hantait : il devait rentrer souper à la maison tous les soirs, sinon elle retournerait vivre dans une véritable ville, où elle ne se sentirait plus seule. Talia aurait certes pu prendre sa voiture pour rendre visite à ses amis ou aller faire des courses dans les grands magasins, mais elle avait décidé de rester enfermée chez elle…

Le timbre de l'intercom fit sursauter Jippy.

– Monsieur Wade, vous avez un visiteur.

Il n'y avait pourtant aucun rendez-vous dans l'agenda du patron de Tex-son.

– De qui s'agit-il, Amanda ?

– Monsieur Keith Roe de New York.

– Keith ? Ici ?

Jippy abandonna les documents sur la table de travail et sortit du bureau pour accueillir lui-même le guitariste légendaire.

– Mais que fais-tu aussi loin de chez toi ?

– J'avais besoin de te parler seul à seul.

– Il n'y a pas de téléphones à New York ?

– C'est une affaire trop personnelle.

Les deux hommes s'isolèrent dans le bureau. Keith commença par examiner les murs encore blancs.

– Un jour, ils seront recouverts de trophées.

– Je l'espère bien, répliqua Jippy, amusé. Puis-je t'offrir à boire ?

– Tu as du thé ?

Jippy demanda à Amanda de faire chauffer de l'eau.

– Dis-moi ce que je peux faire pour toi, Keith.

– J'ai connu beaucoup de succès avec Derringer, mais j'ai maintenant envie de faire autre chose. Il y a des styles musicaux que je veux explorer.

– Tu veux fonder un autre groupe ?

– Non. Je veux me débarrasser de la pression qu'exerce un groupe sur chacun de ses membres. Je veux travailler en solo.

– Je pourrais facilement te trouver des musiciens de studio. Mais tu n'es certainement pas venu jusqu'ici pour me dire ça.

– Comme tu l'as sans doute déjà deviné, je voudrais enregistrer mon prochain album à Tex-son, parce que tu n'es pas seulement un administrateur, mais aussi un musicien. Il y a des choses que je n'aurai pas besoin de t'expliquer.

– C'est flatteur. Je peux aussi t'offrir une des maisons qui se trouvent près de l'autoroute pendant que tu travailles ici.

– Je préférerais acheter une demeure en retrait des autres, près d'une rivière, si possible.

– Acheter ?

– Ce que je désire, c'est un changement de vie.

– Toute la région appartient à Derek Sands, alors il faudrait aller lui en parler. Es-tu ici pour quelques jours ?

– Suzi m'a fait promettre de rentrer avant la fin de semaine.

Jippy donna un coup de fil à son ami Derek, qui accepta sur-le-champ de les recevoir. Il fit donc monter son invité dans sa voiture et l'emmena au ranch. Keith, qui avait grandi dans les rues surpeuplées de New York, s'étonnait de cette immensité inhabitée.

– Y a-t-il des bêtes sauvages dangereuses, par ici ? voulut-il savoir.

– Seulement les serpents, mais ils ne mordent que lorsqu'ils se sentent attaqués.

Ils remontèrent l'allée bordée de clôtures blanches qui menait au manoir du seigneur Sands. L'écurie et le club-house se trouvaient à un demi-kilomètre à sa droite.

– Je ne pensais pas que des musiciens pouvaient avoir envie de vivre aussi loin de toute civilisation, avoua Keith, qui habitait depuis toujours dans un grand loft à Manhattan.

– Je n'ai pas compris non plus la décision de Derek de venir s'établir ici, mais maintenant que j'habite la région, après toutes ces années trépidantes de clubs et de tournées, j'apprécie ce silence et cette quiétude plus que jamais.

Jippy arrêta la jeep devant la porte.

– Vous en avez mis du temps ! s'exclama Derek.

– J'ai roulé très lentement pour donner le temps à ce monsieur d'admirer ton domaine.

– Kennenika, c'est bien ça ? demanda Keith.

– Je ne sais pas qui a planté cette pancarte à la sortie de l'autoroute, avoua Derek.

– Moi je le sais, fit Jippy. C'est Marlon Stone, le batteur d'Arial. J'ai l'intention de lui demander des explications à ce sujet.

– Il faudrait surtout s'assurer que ça ne veut pas dire quelque chose d'obscène dans une autre langue.

Derek serra chaleureusement la main de Keith et l'invita à prendre place dans le salon. Puisque la maison se trouvait en flanc de colline, la vue par la fenêtre panoramique était époustouflante.

– Alors, tu veux t'installer dans la région ? s'enquit Derek, sans détours.

– J'ai déjà élevé deux fils à New York et j'aimerais offrir une vie plus saine au troisième, précisa Keith.

– Tes aînés ont si mal tourné qu'ils font de la musique avec Nico, se moqua Jippy.

– On pourra bientôt entendre le fruit de leurs efforts à la radio, affirma Keith, et à mon avis, même s'ils affectionnent un style bien différent du nôtre, je pense que tu seras surpris de la qualité de leurs compositions.

– Sont-ils rendus à l'étape d'enregistrer leurs chansons ?

– C'est déjà fait.

– Et ils ne se sont pas adressés à Tex-son ? s'étonna Derek.

– J'ai un fils très indépendant, répondit Jippy.

Ils discutèrent de musique pendant un long moment, puis Keith leur fit part de ses plans. Il voulait acheter ou faire construire une grande maison sur le bord d'un cours d'eau où Kevin, son plus jeune fils, pourrait grandir loin des gangs de rue.

– Je veux aussi le guérir de son attirance pour le ballet classique, avoua le guitariste.

– Il n'y a rien de mal à ça, lâcha Derek.

– C'est aussi ce que dit sa mère et je la soupçonne de lui faire prendre des cours en cachette, mais ce n'est pas l'avenir dont je rêve pour Kevin. Il n'est pas aussi fort que ses frères Hayden et Ian. Kevin est influençable et très sensible. Il ne se remettrait pas d'une volée de critiques négatives à son endroit.

– N'est-il pas tout aussi dangereux de le surprotéger ? intervint Jippy.

– Je ne le surprotège pas. Je le protège tout court. Kevin est un garçon délicat et timide, qui se fait malheureusement souvent malmener par ses camarades de classe. J'ai dû le changer plusieurs fois d'école avant d'en arriver à embaucher un professeur qui l'éduque à la maison.

– Il sera le seul enfant du coin si vous venez habiter par ici.

– C'est ce qui rend ce projet encore plus intéressant.

Comme il l'avait fait pour Jippy, Derek montra les cartes de sa propriété à Keith et lui offrit un terrain de l'autre côté de Tex-son. Pour qu'il puisse prendre une décision éclairée, les trois hommes s'y rendirent avant que le soir tombe. Keith marcha directement à la rivière qui, à cet endroit, s'élargissait avant de descendre vers le sud.

– Y a-t-il des industries dans la région ? demanda-t-il.

– Si tu t'inquiètes de la qualité de l'eau, rassure-toi, répondit Derek. Cette rivière ne passe que sur de grandes propriétés privées dont les propriétaires ont déjà exprimé le vœu de ne jamais la polluer.

– Alors, cet endroit est parfait.

Derek lui remit la carte de l'entrepreneur qui avait construit sa propre demeure, puis ramena les guitaristes chez lui. Il fit visiter au New-Yorkais son écurie et le grand bâtiment attenant qui servait de salle de repos à ses employés.

– Il ne manque qu'une scène pour la transformer en club privé, murmura Keith.

Cette remarque allait faire son chemin dans l'esprit du propriétaire. Pour terminer la journée, Jippy invita le visiteur à souper chez lui. Le soleil descendait rapidement dans le ciel, alors il s'empressa de rentrer pour ne pas indisposer sa femme. Toutefois, lorsqu'il franchit le seuil de la maison avec Keith, Jippy s'arrêta net devant le spectacle de Talia en peignoir, le visage couvert d'un masque vert et les cheveux entortillés dans une serviette sur sa tête.

– Ma chérie…

– Il aurait été gentil de me prévenir que tu ramenais quelqu'un avec toi, répliqua-t-elle sur un ton plutôt glacial.

– Je te présente Keith Roe, un musicien de New York.

– Enchantée de faire votre connaissance, monsieur Roe. Si vous n'y voyez pas d'inconvénient, je vais vous laisser seul avec mon mari et redescendre lorsque je serai présentable.

Talia grimpa l'escalier en brûlant Jippy du regard.

– Elle n'est pas contente… chuchota Keith. Tu es chanceux qu'elle ne soit pas Sicilienne comme Suzi.

– Est-ce que ça t'arrive à toi aussi de dormir sur le sofa ?

– Tu plaisantes ? Les rares fois où nous nous sommes querellés, elle a fait changer toutes les serrures et j'ai dû aller dormir à l'hôtel.

Jippy installa Keith au salon et alla voir si Talia avait encore jeté le souper à la poubelle. Le fumet du rôti de bœuf qui cuisait dans le four le rassura aussitôt. Lorsqu'il revint vers son invité, il trouva celui-ci debout devant la porte-fenêtre, à observer Souï qui lançait un bâton à un gros berger allemand sur la pelouse.

– J'ai réussi à faire pousser du gazon grâce à un ingénieux système d'irrigation, avoua Jippy en se postant à côté de Keith.

Ce n'est pas ce qui intéressait le guitariste.

– Il ne sera jamais normal, n'est-ce pas ?

Il parlait du batteur de Texas Gray Wolf…

– Souï a fait d'immenses progrès depuis que je l'ai pris sous mon aile, expliqua Jippy, mais à la base, son cerveau a trop souffert. C'est un garçon plein de bonne volonté, doux comme un agneau et fiable comme pas un, mais mentalement, il aura une dizaine d'années jusqu'à la fin de sa vie.

– Comment se fait-il qu'il soit avec toi ?

– En quelques mots, je l'ai trouvé dans une ruelle après un concert au Texas, assis contre l'un des pneus de notre autobus de tournée. J'ai d'abord pensé qu'il avait pris de la drogue, alors je l'ai fait monter dans l'autobus pour le conduire à l'hôpital. Sans le savoir, je le ramenais ainsi à celui dont il s'était enfui. On m'a demandé si j'étais son nouveau curateur et avant que je puisse ouvrir la bouche, Souï a répondu oui. Quand j'ai vu la terreur sur le visage de ce pauvre jeune homme, qui ne voulait pas retourner dans cette institution, j'ai acquiescé et j'ai demandé une copie de son dossier. Nous l'avons emmené en tournée avec nous et j'ai pris le temps d'étudier son cas. Souï est si innocent et si sympathique que tout le groupe s'est pris d'amitié pour lui. Il n'avait pas la capacité d'apprendre la guitare, mais il est devenu très habile à la batterie, alors quand notre batteur est parti, il l'a tout simplement remplacé.

– Souï, c'est son vrai nom ?

– Non, mais c'est celui qu'il nous donne lorsqu'on le lui demande. Il s'appelle Dale Christopher Brent. Je ne sais pas pourquoi il tient à ce nom et je n'ai jamais été capable de lui tirer quelque explication à ce sujet.

– Sait-il lire et écrire ?

– Pourquoi me poses-tu toutes ces questions, Keith ? Est-ce en rapport avec Kevin ?

Le New-Yorkais tourna lentement la tête vers son ami de Californie.

– Il est différent… soupira-t-il.

– Mentalement ?

– C'est difficile à dire.

Jippy emmena le père découragé s'asseoir dans les moelleux fauteuils. La moindre des choses qu'il pouvait faire pour lui, c'était de partager sa propre expérience.

– Kevin est plus intelligent que la moyenne des enfants de son âge, avoua Keith. C'est son comportement qui nous inquiète. Il est solitaire et il agit souvent comme s'il détestait les gens. Nous n'avons pourtant pas élevé nos fils de cette façon.

– Ils viennent au monde avec leur propre caractère.

– Suzi passe son temps à me dire qu'il doit être la réincarnation d'un savant étranger qui ne comprend pas ce qu'il fait chez nous.

Cette remarque arracha un sourire à Jippy, qui pensa en silence qu'il commençait à s'entourer de gens bien étranges. D'abord un sorcier et maintenant un jeune scientifique de dix ans ?

– Quand je l'observe, il arrive que je lui donne raison, soupira Keith.

– Si tu veux mon avis, il est sans doute accablé par l'effervescence qui règne à New York. Ça lui fera du bien de vivre à la campagne.

– C'est justement ce que je me disais.

Souï rentra avec le chien, qui s'empressa de venir faire des joies à son maître et de renifler leur invité.

– Monsieur Roe, bonsoir, fit poliment le pupille de Jippy.

Son visage rayonnait comme celui d'un enfant.

– Tu te souviens de moi ? se réjouit Keith.

– Excellent guitariste.

– Est-ce que tu mettrais la table pour me donner un coup de main, Souï ? lui demanda Jippy.

– Oh oui. J'ai faim.

Suivi du chien, le batteur de TGW fila dans la cuisine.

La construction de la maison de Keith Roe commença dès l'automne. Pour ne pas être séparé de sa famille, le musicien l'avait installée dans l'une des petites maisons de Kennenika, tandis qu'il enregistrait son premier album solo. Au début, le jeune Kevin avait catégoriquement refusé de sortir à l'extérieur. Renfermé sur lui-même, il s'était barricadé dans sa chambre. Seul Keith réussissait à l'en extraire, à l'heure des repas. Assis devant ses parents, l'enfant blond aux yeux bleus mangeait en silence.

– Qu'as-tu fait toute la journée, mon ange ? le questionna Keith.

– Rien…

– Est-ce que notre maison de New York te manque ?

– Non…

Keith tourna le regard vers son épouse, dont l'expression lui indiquait qu'elle avait déjà soumis l'enfant au même interrogatoire.

– Dis-moi ce que tu voudrais faire, insista le père.

– Dessiner.

– Maman va bientôt te trouver un nouveau professeur.

– Pourquoi ?

– Pour que tu poursuives tes études, bien sûr.

– Ça sert à quoi ?

– C'est pour te permettre de gagner ta vie, plus tard, répondit Suzi.

– Quel métier feras-tu quand tu seras grand, Kevin ? demanda Keith.

Le gamin haussa les épaules et plongea sa fourchette dans le spaghetti. Silencieusement, Keith fit comprendre à sa femme qu'ils devaient l'intégrer le plus rapidement possible dans leur nouvelle ville. Suzi continua donc sa recherche d'un précepteur, de plus en plus découragée qu'on lui réponde que l'enfant habitait trop loin.

Un matin, tandis que sa mère était au téléphone, Kevin sortit de sa chambre et poussa la porte d'entrée de leur logis temporaire pour risquer un œil dehors. Il y avait trois maisons d'un côté de la rue et trois de l'autre. Au-delà, il ne semblait plus rien exister. Il s'aventura sur la route de terre et marcha jusqu'au garde-fou métallique qui séparait Kennenika de l'autoroute. Les voitures filaient à grande vitesse sous son nez, sans se préoccuper de lui. Kevin allait enjamber la barrière lorsqu'il entendit une voix derrière lui.

– Ce n'est pas ton destin de mourir aujourd'hui, jeune panthère…

Le garçon fit volte-face, mais il ne vit personne. Intrigué, il revint vers les habitations et chercha qui lui avait adressé la parole. Lorsqu'il arriva devant celle de Simon Maccrie, il aperçut le musicien lui-même debout dans l'entrée. Pour un enfant, c'était une vision plutôt inquiétante. Vêtu de cuir rouge de la tête aux pieds, ses cheveux noirs tout ébouriffés, le chanteur rock se tenait bien droit, les mains sur les hanches.

– Il était à peu près temps que tu arrives, dit-il au petit.

– Moi ?

– Est-ce que tu vois quelqu'un d'autre ?

Kevin pivota sur lui-même.

– Non…

– Tu seras le plus célèbre chanteur rock de tous les temps.

– Je ne sais pas chanter.

– Tu apprendras.

– Je préfère danser.

– L'un n'empêche pas l'autre.

L'enfant ne comprenait rien à ce que disait cet homme.

– Kevin ! cria la voix de Suzi.

– Maman ne veut pas que je parle aux étrangers.

– Je n'en suis pas un, jeune panthère.

Suzi arriva au pas de course devant la maison occupée par Arial. Elle saisit son fils par la main, soulagée de voir qu'il était sain et sauf.

– Je suis sorti.

– Bravo, mon chéri, mais à partir de maintenant, tu devras m'avertir quand tu auras envie d'aller dehors. Tu comprends bien ?

Kevin hocha doucement la tête, puis se tourna vers l'entrée de Simon. Il n'était plus là et la porte était fermée. Suzi ramena l'enfant chez elle en faisant attention de ne pas le brusquer. Chaque petit progrès de son fils était important pour Keith et elle.

– Si tu acceptes d'attendre un peu, je te ferai visiter le coin, offrit la mère.

– Qu'est-ce que c'est, une panthère ?

– C'est un très gros chat qui vit dans les forêts d'Amérique du Sud. Certaines panthères sont tachetées, d'autres sont toutes noires.

Suzi fit quelques appels de plus et convia ensuite son jeune fils à l'accompagner à sa voiture. Étrangement docile, Kevin la suivit.

– Allons-nous toujours habiter dans cette maison ?

– Pas dans celle-ci. Papa en fait bâtir une autre à quelques minutes d'ici.

– Où ?

– Je vais te montrer.

Elle emmena Kevin sur le chantier de construction, où les ouvriers assemblaient la charpente du rez-de-chaussée.

– Une maison qui n'a pas de murs ? s'étonna l'enfant.

– Ils seront installés un peu plus tard, répondit Suzi. Si tu veux, nous viendrons souvent pour constater les progrès.

Le garçon tourna alors la tête vers la rivière. Tout comme son père, il était irrésistiblement attiré par l'eau. Suzi le suivit tandis qu'il s'en approchait.

– Est-ce qu'elle est froide ? demanda Kevin.

– Je n'en sais rien.

Suzi se pencha et trempa les doigts dans la rivière.

– Elle est tiède.

– Est-ce qu'il y a des requins ?

– Les requins vivent dans la mer, Kevin.

– Tant mieux.

Pour rendre sa journée encore plus intéressante, Suzi emmena l'enfant à Tex-son.

– C'est ici que papa travaille, expliqua-t-elle en le faisant entrer dans la réception.

– Bonjour madame Roe, fit Amanda en la reconnaissant. Qui nous emmenez-vous ?

– C'est notre fils Kevin et, je vous en prie, appelez-moi Suzi.

Puisque Simon et ses musiciens avaient terminé leurs enregistrements, Keith s'était installé dans le studio A. Profitant du fait que l'ampoule rouge au-dessus de la porte de la cabine d'enregistrement n'était pas allumée, Suzi y fit entrer son fils.

– Bonjour, fiston! lança Winfried, assis derrière une console couverte de boutons et de leviers.

– Mon nom, c'est Kevin.

De l'autre côté de l'épaisse vitre, Keith aperçut son benjamin. Un sourire éclata sur son visage.

– Papa joue de la guitare dans le studio, commenta Suzi, et Winfried l'enregistre ici.

Même s'il avait un père, une mère et deux frères musiciens, Kevin n'avait jamais mis les pieds dans un studio. Ses yeux bleus examinaient absolument tout. Keith profita de cette pause inattendue. Il se défit de la bandoulière de sa guitare, déposa l'instrument sur son support et traversa dans la cabine. Il embrassa Suzi et serra son fils dans ses bras.

– Comme je suis content de te voir, mon ange, se réjouit Keith.

– Est-ce que c'est juste pour jouer ou pour chanter aussi? demanda Kevin.

– Les deux.

– Les chanteurs travaillent ici?

– Seulement ceux qui ont signé un contrat avec Texson, précisa le père.

Keith laissa son fils fureter dans la pièce, heureux de le voir s'éveiller ainsi. Lorsqu'il fut prêt à recommencer l'enregistrement, il fit asseoir Kevin sur un tabouret près de Winfried et retourna dans le studio. Voyant qu'il s'intéressait à ce que faisait son mari, Suzi ne chercha pas à distraire l'enfant.

La petite famille rentra à la maison à la fin de la journée et Kevin accepta même d'aider son père à préparer le souper. Tout était enfin rentré dans l'ordre chez les Roe. Enfin, c'est ce que pensaient Keith et Suzi... Dans la soirée, ils reçurent un appel d'Hayden, leur fils aîné, qui voulait leur annoncer en primeur la date de sortie du premier album de Wade & Roe. Hayden leur apprit également qu'il partait en tournée aux États-Unis et au Canada avec son frère Ian et Nico Wade, et promit de leur donner régulièrement des nouvelles.

Ce fut Keith qui mit Kevin au lit, ce soir-là. Assis avec lui, le dos confortablement appuyé sur les gros oreillers, il lui raconta son histoire préférée, celle de la grenouille tsarine, un conte russe.

– Puisqu'ils n'étaient pas encore mariés, le tsar demanda à ses trois fils de tirer chacun une flèche dans une direction opposée et exigea qu'ils épousent les femmes qui ramasseraient ces flèches. La flèche de l'aîné tomba dans la cour d'un grand seigneur et sa fille la ramassa. La flèche du cadet tomba dans la vaste cour d'un riche marchand et sa fille la ramassa. Quant au benjamin, sa flèche s'éleva dans les airs et s'envola pour aller atterrir nul ne savait où. Le jeune prince dut marcher, marcher et marcher pour la retrouver. Il arriva enfin près d'un étang et que vit-il ?

– Une grenouille qui tenait la flèche entre ses pattes !

– Le prince prit donc la grenouille et la ramena chez lui. Le tsar organisa trois festins magnifiques. Il maria son fils aîné à la fille du seigneur, son fils cadet à la fille du marchand et son pauvre benjamin à la grenouille.

Kevin écouta religieusement le récit des épreuves auxquelles le tsar avait soumis ses belles-filles, jusqu'à l'enlèvement de la grenouille par le sorcier qui l'avait ensorcelée et sa délivrance par son prince bien-aimée.

– Le prince la ramena dans son château, où ils vécurent heureux et eurent beaucoup d'enfants, conclut Keith.

– Papa, est-ce que l'aîné c'est Hayden, le cadet c'est Ian et le benjamin, c'est moi ?

– Mais pas du tout, mon ange. Ce n'est qu'une vieille histoire russe, qui a été écrite des siècles avant votre naissance.

– Donc, je ne serai pas obligé de me marier avec une grenouille ?

– Pas si tu n'en as pas envie, le taquina le père. Allez, il est tard.

Keith remonta la couverture jusqu'à son menton et l'embrassa sur le front.

– Fais de beaux rêves.

Quelques minutes après que son père eut éteint la lampe et fermé la porte, Kevin sentit une présence dans sa chambre.

– Qui est là ? chuchota-t-il en s'assoyant.

– Ce n'est que moi, Simon.

En même temps que le chanteur d'Arial prenait place au pied du lit, son visage fut éclairé par une source de lumière inconnue.

– Mes parents ne seront pas contents si je ne dors pas bientôt…

– Je voulais juste te souhaiter bonne nuit, jeune panthère.

– Pourquoi m'appelez-vous comme ça ?

– Au fond de chacun d'entre nous sommeille un animal totem. C'est le tien.

– Mon père en a un, lui aussi ?

– C'est un magnifique phénix.

Kevin n'avait aucune idée de ce que c'était.

– Moi, je suis un dragon, poursuivit Simon. Lorsque
tu seras plus grand, je serai ton mentor.

– Qu'est-ce que c'est ?

– Un conseiller sage et expérimenté.

– Un ami ?

– Le meilleur ami que tu puisses avoir. Je ne te laisserai
jamais tomber.

Simon tendit sa main ouverte à l'enfant, qui y vit apparaître un gros chat noir en plastique.

– C'est une panthère ?

– Oui, et je t'en fais cadeau.

Kevin la cueillit prudemment sur la paume du sorcier.
Il examina ses petites oreilles, ses dents pointues et sa
longue queue, puis leva son regard vers le visiteur, mais il
n'était plus là.

Puisqu'il était impossible de trouver une salle de répétition dans ce coin perdu, Marlon Stone eut une idée. Après avoir préparé le déjeuner pour tout son groupe, il fila à O.K. Corral et trouva son propriétaire dans l'écurie, à brosser son cheval préféré.

– Salut, Derek! s'exclama joyeusement le batteur.

– Je pensais que j'étais le seul musicien debout à une heure aussi matinale.

– Tous les membres d'Arial sont réveillés depuis longtemps. Il ne faut pas juger les pauvres chanoines en fonction de ce qu'ils portent.

– Le proverbe, c'est: *l'habit ne fait pas le moine.*

– C'est ce que j'ai dit!

Derek réprima un sourire. Il avait appris depuis longtemps, au contact de Souï, à réfréner ses commentaires.

– Es-tu ici pour monter à cheval?

– Ciel, non! s'exclama Marlon, effrayé. Moi, je ne chevauche que des motos!

– Alors, pourquoi?

– J'aimerais louer ton club-house.

– Louer?

– Te donner de l'argent en échange de son utilisation.

– Je connais la signification du mot, Marlon. Ce qui m'intrigue, c'est ce que tu veux en faire.

– Oh… Eh bien, ce serait pour répéter notre spectacle.

– Avec la pyrotechnie et tous les autres effets spéciaux ?

– Bien sûr que non. La dernière chose que nous voulons, c'est mettre le feu à cette belle petite ville qui s'épanouit comme une jeune fleur. C'est seulement pour jouer ensemble à quelques reprises avant de partir en tournée.

– Heureusement que j'ai fait insonoriser ce bâtiment, lâcha Derek en pensant à ses pensionnaires à quatre pattes. Toutefois, en fait d'électricité, je ne suis pas équipé comme un studio d'enregistrement.

– Il n'est pas question non plus de brancher nos amplificateurs de tournée et de faire exploser le toit du club-house.

– Je suis content de l'apprendre.

– Nous utiliserons l'équipement maison. C'est seulement pour nous refaire la main après avoir été forcés d'enregistrer nos pistes une à une, séparément les uns des autres.

– À quelle heure auriez-vous besoin du club-house ?

– Toute la soirée. Disons de vingt heures à minuit.

– Pendant combien de temps ?

– Une semaine ou deux. Nous jouons ensemble depuis plusieurs années déjà, alors ce devrait être suffisant.

Derek, qui attendait toujours le retour de son épouse, en train de tourner un film à l'autre bout du monde, pensa que ce serait une merveilleuse façon de se changer les idées. Il était loin de se douter que Marlon Stone venait d'instituer une tradition qui allait se poursuivre pendant des décennies… En fait, le batteur d'Arial était tranquillement en train de transformer la région, petit à petit. Il était entré en communication avec un ancien musicien de jazz qui avait dû cesser de faire de la musique à la suite d'un accident de moto dans lequel il avait perdu un bras. Pour continuer de gagner sa vie, Leon Hearst avait ouvert un stand à hot-dogs ambulant qu'il promenait de plage en plage sur la côte de la Californie. Il n'avait pas été difficile de le persuader d'ouvrir le premier magasin général de Kennenika dans l'une des maisons inhabitées.

Utilisant la mini-fourgonnette du groupe, Marlon avait aidé Leon à déménager le peu qu'il possédait, puis était allé faire des emplettes avec lui à Los Angeles, afin que son nouveau commerce puisse offrir absolument de tout aux Kennenikiens, dont le nombre avait augmenté à treize, quatorze avec le marchand. Ils n'auraient désormais plus à conduire pendant des heures pour aller chercher des aliments tant congelés que frais, des condiments, des boissons gazeuses, de la bière, des produits de nettoyage, et même des outils et de la quincaillerie. Pour finir, Marlon installa au-dessus de la porte une enseigne au néon : « Magasin général de Kennenika ».

L'établissement venait à peine d'ouvrir lorsque Jippy, qui se rendait chez son comptable, à Palm Springs, remarqua le panneau lumineux. Il mit les freins et fit reculer la jeep pour y jeter un deuxième coup d'œil.

– Mais qu'est-ce que c'est que ça ? s'étonna-t-il.

Il entra dans la maison, dont le rez-de-chaussée avait été divisé en plusieurs sections, selon les produits offerts, tandis que le marchand habitait l'étage supérieur.

– Puis-je vous aider, monsieur ? demanda une voix grave.

Jippy pivota vers l'homme de race noire d'une quarantaine d'année qui lui souriait de toutes ses dents. Il remarqua sur-le-champ qu'il n'avait qu'un seul bras.

– J'aimerais savoir qui tient ce commerce.

– C'est moi. Leon Hearst, pour vous servir.

– Derek Sands est-il au courant de cette démarche ? Est-ce lui qui vous a demandé de vous installer ici ?

– Je ne connais pas monsieur Sands. C'est Marlon Stone qui m'a fait cette offre que je ne pouvais pas refuser. Avez-vous besoin de quelque chose ? Si je ne l'ai pas, je ferai en sorte de le commander.

– Non. Je ne faisais que passer. Une autre fois, sans doute.

Jippy recula vers la porte.

– Je vous souhaite une magnifique journée, monsieur… ?

– Jippy Wade.

– Du groupe Texas Gray Wolf ?

Le guitariste hocha vivement la tête, conscient qu'il risquait de manquer son rendez-vous à Palm Springs.

– C'est un honneur de vous rencontrer, monsieur. Vous êtes une inspiration pour tous les musiciens du monde, peu importe leur style.

– Nous en reparlerons un autre jour, si vous voulez bien. Je suis attendu.

– Oui, bien sûr.

Jippy alla régler ses affaires avec son comptable en faisant de gros efforts pour rester concentré, puis retourna à Tex-son.

– Bonjour, patron ! le salua Amanda.

– Quelle est la cause de ce soudain enthousiasme ? osa demander le guitariste.

– Le nouveau magasin général. Je n'aurai plus besoin d'aller chercher des réserves à des kilomètres d'ici.

– Que savez-vous au sujet de ce commerce ?

– Ça faisait longtemps que nous envisagions cette solution à nos problèmes d'approvisionnement.

– Nous ?

– Marlon Stone et moi.

– Pourriez-vous l'appeler et lui dire que j'aimerais le voir, je vous prie ?

– Avons-nous enfreint la loi ?

– Je n'en sais rien encore.

Jippy continua vers son bureau en se demandant pourquoi ce batteur, qui n'était dans la région que pour l'enregistrement d'un disque, se sentait obligé d'agir de la sorte. Il éplucha son courrier jusqu'à ce que de petits coups secs résonnent sur le cadre de la porte. Le guitariste leva la tête et aperçut le visage souriant de Marlon.

– Une jolie jeune fée m'a dit que tu voulais me voir ?

– Venez vous asseoir.

– Je t'en conjure, ne me vouvoie pas, sinon je vais tomber en cendres sur le plancher.

Jippy haussa un sourcil avec étonnement, tandis que le batteur, vêtu d'un pantalon de cuir noir et d'un débardeur rose fluo, prenait place dans l'un des deux fauteuils de l'autre côté du bureau.

– C'était une farce, s'empressa d'ajouter Marlon, devant l'expression déconcertée du patron. Il n'y a que les vampires qui font ça et uniquement quand ils sont frappés par un rayon de soleil.

– Les vampires n'existent pas.

– C'est ce que je croyais aussi, quand j'étais jeune… mais je suis encore jeune. J'imagine que tu ne m'as pas appelé ici pour me parler de folklore.

– En effet. Je m'inquiète de ton intervention dans à peu près tout ce qui se passe dans le coin.

– Il n'est pas nécessaire de me remercier. Je ne peux pas m'empêcher de venir en aide à mon prochain.

– Habituellement, ce sont les résidents d'une région qui s'occupent de son développement.

– Ceux de Kennenika sont trop occupés pour y voir, alors j'ai décidé de devenir leur bonne fée marraine. Je fais apparaître tout ce dont ils peuvent avoir besoin.

– Est-ce que tu as bu, Marlon ?

– Il y a trois jours… pourquoi ?

– Parce que tu sembles incapable de fournir une réponse claire à une question simple.

– Quelle question ?

– Pourquoi as-tu décidé de donner un nom à une ville qui n'existe pas et pourquoi as-tu ouvert un magasin général sans permission ?

– J'ai simplement répondu aux besoins non avoués des occupants des coquettes petites maisons qu'on a mis à leur disposition.

– Que veut dire Kennenika ?

– C'est un savant mélange d'allemand et de grec qui signifie plus ou moins « connais la victoire ». Je trouvais que c'était approprié.

– De l'allemand et du grec ? répéta Jippy, incrédule.

– Ce n'est pas parce que je suis le batteur d'un groupe heavy metal que je suis une brute ignare.

Avec son visage angélique, ses cheveux blonds et son haut rose, Marlon n'avait vraiment rien d'une personne violente...

– Qui t'a demandé de nommer cet endroit?

– Un dragon, dans un rêve que j'ai fait deux jours après mon arrivée ici.

Jippy s'adossa dans son fauteuil, encore plus découragé que lorsqu'il essayait de mettre du plomb dans la cervelle de Souï.

– Et le magasin général, c'était aussi son idée?

– Malheureusement, le sage animal n'est pas réapparu dans mes songes. C'était plutôt une initiative née de mes discussions avec votre merveilleuse réceptionniste. Il nous fallait trouver une façon de nous procurer les ingrédients dont nous avions besoin pour nos recettes.

– Ça, c'est une réponse claire?

– Qu'y a-t-il de nébuleux là-dedans?

Amanda entra dans le bureau et déposa une pile de feuillets dans les mains de Marlon en lui décochant un sourire, puis ressortit aussi silencieusement qu'elle était entrée.

– Est-ce que vous vous fréquentez? osa demander Jippy.

– Seulement pour faire de la cuisine ensemble, affirma Marlon. Je n'oserais jamais tromper Simon.

– Simon et toi?

– Il me tient en son pouvoir grâce à une poupée vaudoue.

Cette fois, Jippy cacha son visage dans ses mains.

– Cet entretien est terminé, soupira-t-il. Sors d'ici avant que je perde patience.

– Peut-être devrais-je demander à un psychologue de venir s'établir ici.

– Non! s'exclama le guitariste en abattant brutalement ses paumes sur son bureau. Ce domaine appartient à Derek Sands! Tu ne peux pas le transformer en village à son insu!

– J'ai compris. Il n'est pas nécessaire d'élever ainsi la voix.

Marlon déposa un feuillet sur le bureau, fit quelque pas vers la sortie et se retourna.

– Je connais une façon naturelle et tout à fait inoffensive de calmer ton anxiété.

– Dehors!

Le batteur quitta la pièce sans s'offenser du comportement agressif du patron de Tex-son. Selon lui, les gens ne progressaient pas tous à la même vitesse sur la grande échelle de l'évolution. Jippy commença par se calmer, puis jeta un coup d'œil au document laissé sous ses yeux. Il annonçait les mini-concerts présentés par Arial au club-house d'O.K. Corral dans les jours qui suivraient.

– Depuis quand l'écurie de Derek est-elle devenue une salle de répétition?

Poussé par sa curiosité, Jippy se rendit sur place le soir du premier spectacle. Il choisit la table la plus éloignée pour ne pas être importuné par Marlon Stone. Derek remarqua sa présence et lui apporta une bière froide.

– Je suis content de te voir, Jippy, fit-il en s'assoyant près de lui.

– Quand as-tu décidé de changer la vocation de cet endroit?

– Marlon s'est montré plutôt convaincant, et j'avais besoin de distraction. Depuis que tu t'es enfermé à Texson, je n'ai presque plus de nouvelles de toi.

– Tu me tiens le même discours que ma femme.

– En tant que conjoint négligé moi-même, laisse-moi te dire que cette solitude est de plus en plus difficile à accepter.

– Es-tu en train de me dire que tu songes à laisser Stéphanie? s'étonna Jippy.

– Pas encore…

D'autres spectateurs commencèrent à arriver, dont Amanda et Eddy Thompson, le directeur de tournée que Jippy venait d'embaucher, ainsi que Keith, Suzi et leur jeune fils. Puis, des étrangers se mirent à entrer dans la vaste pièce.

– Les connais-tu? demanda Jippy à Derek.

Le propriétaire du club-house secoua la tête.

– C'était prévu?

– Marlon ne m'a pas indiqué qu'il inviterait ses amis. En fait, je croyais qu'Arial avait seulement besoin de se dérouiller avant de partir en tournée. Laisse-moi m'informer.

Derek se mêla à plusieurs groupes pour finalement apprendre qu'il s'agissait essentiellement de journalistes pour des magazines rock et des animateurs de radio.

Les musiciens d'Arial furent les derniers à entrer dans le bâtiment. Ils grimpèrent sur la scène, que Marlon avait fait assembler en toute hâte, et se mirent à jouer sans aucune introduction. Jippy déposa sa bière sur la table, en proie à la fascination que Simon Maccrie exerçait sur tout son auditoire.

La semaine avant Noël, Jippy apprit que la tournée d'Arial leur gagnait de plus en plus d'admirateurs, ce qui le remplit de fierté. À Tex-son, Keith n'en finissait plus de peaufiner son premier effort solo. Il était le musicien le plus perfectionniste que Jippy ait jamais rencontré. On avait beau lui dire que les pistes étaient parfaites, il trouvait toujours quelque chose à améliorer.

De son côté, Wade & Roe était devenu le groupe de l'heure. Ses chansons jouaient à la radio, ses trois se vendaient comme de petits pains chauds. Jippy avait du mal à digérer l'ingratitude de son fils Nico, qui était en train de rendre un autre propriétaire de studio de musique très riche. Comble de malheur, en allumant la télévision chez lui, la veille de Noël, il était tombé sur un spécial Wade & Roe à Denver! Dans un décor de sapins saupoudrés de neige et de guirlandes scintillantes, Hayden, Ian et Nico offraient au public une version acoustique de leurs plus récents succès.

– Regarde, c'est Nico! s'exclama joyeusement Souï, couché sur le sofa, la tête sur le dos du berger allemand de la famille.

– Ouais, je sais, grommela Jippy.

Vers la fin de l'émission, le père Noël en personne vint tapoter affectueusement les épaules des musiciens.

– Ils le connaissent ? s'étonna le batteur.

Jippy avait expliqué au moins cent fois au jeune homme que ce personnage vêtu de rouge n'existait pas et que c'étaient des acteurs qui s'habillaient ainsi pour faire plaisir aux enfants. Il jugea inutile de le lui répéter.

– J'espère qu'il apportera un cadeau à Bogus, ajouta Souï.

Tous les présents étaient déjà achetés et Jippy les avait cachés dans sa chambre à l'étage supérieur. Il ne les mettrait sous le sapin artificiel qu'une heure avant le réveil de la famille le 25 décembre. Les deux musiciens restèrent donc assis devant le téléviseur toute la soirée. Les heures passaient, mais la maîtresse de maison n'arrivait toujours pas. Un peu après vingt-trois heures, le téléphone sonna.

– Jippy, c'est moi, fit la voix de Talia.

– Où es-tu ? As-tu eu un accident ?

– Non, je suis toujours chez mon père. Il ne va pas bien, alors je vais rester auprès de lui.

– C'est Noël, demain.

– Je suis certaine que mon père ne l'a pas fait exprès de tomber malade à ce moment précis de l'année.

– Quand rentreras-tu ?

– Je n'en sais rien. Je t'appellerai. Surtout, ne déçois pas Souï et mets les cadeaux sous l'arbre. J'en ai suffisamment sur les bras en ce moment. Je n'ai vraiment pas besoin d'une autre tragédie.

– Je comprends.

– Passez une belle soirée, tous les deux.

Jippy raccrocha et expliqua à son protégé, en épargnant ses sentiments, que Talia ne serait pas là avant le lendemain. Certaines choses dépassaient tout simplement la capacité d'entendement de Souï, surtout en matière de relations humaines. Pour ce dernier, tout était noir ou blanc. Il ne percevait pas les subtilités.

Lorsque ses paupières devinrent trop lourdes, Jippy éteignit la télévision. Le gros berger allemand sur les talons, Souï s'empressa d'aller se coucher, pour que le père Noël ne passe pas tout droit. Les pensées obsédantes qui se succédaient dans l'esprit de Jippy l'empêchaient de dormir. Alors, sur la pointe des pieds, il alla porter les cadeaux sous le sapin et se versa un verre de scotch. Le comportement de sa femme l'inquiétait de plus en plus. Pourquoi ne comprenait-elle pas que les premières années de vie d'une entreprise nécessitaient beaucoup de temps et de sacrifices?

Il s'installa dans son fauteuil préféré pour réfléchir, mais l'alcool avait commencé à engourdir non seulement ses angoisses, mais également ses sens. Il ferma les yeux et ne les ouvrit qu'au matin, lorsque Souï poussa un cri de joie en arrivant dans le salon.

– Lesquels sont pour moi? s'exclama-t-il en se jetant à genoux devant le sapin.

– Tu sais lire, il me semble, répliqua Jippy. Regarde ce qui est écrit sur les étiquettes.

Dès qu'il eut repéré ses présents, Souï déchira le papier qui les recouvrait et le fit voler dans les airs tout autour de lui, au grand désarroi de Bogus, qui alla se réfugier contre les jambes de Jippy. Ce dernier n'eut pas besoin de demander à son protégé s'il aimait les t-shirts, les cassettes de musique et le nouveau magnétophone qu'il lui avait achetés. Le visage de Souï rayonnait de bonheur.

– Mais où sont tes cadeaux à toi ? s'étonna le jeune homme.

– Dans mon compte de banque, répondit Jippy avec un sourire.

– Comment le père Noël a-t-il su qu'il devait les déposer là ?

– Je lui ai écrit une lettre.

– Est-ce qu'il lit toutes les lettres qu'il reçoit ?

– Absolument toutes.

Souï regarda les noms sur les deux dernières boîtes enveloppées dans du joli papier coloré.

– Ce sont les présents de Talia, découvrit-il. Où est-elle ?

– Elle est restée chez son père à Beverly Hills. Ne t'en fais pas, elle arrivera plus tard.

– Je peux écouter mes nouvelles cassettes ?

– Bien sûr. Pendant ce temps-là, je vais mettre le souper au four pour qu'il soit prêt ce soir. As-tu déjeuné ?

– Je n'ai pas faim.

– Je t'ai déjà expliqué l'importance de se mettre quelque chose sous la dent le matin.

– Oui, mais je n'en ai pas envie, en ce moment.

– Je vais te préparer tes céréales préférées et tu pourras les manger en écoutant ta musique.

Souï se contenta de grommeler son mécontentement. Néanmoins, lorsque Jippy présenta le bol au musicien récalcitrant, ce dernier se mit à manger en secouant la tête au rythme de la musique qui jouait dans ses écouteurs. Satisfait, le guitariste sortit la dinde du réfrigérateur, la prépara et la plaça dans le four. Ayant eu trois enfants en quatre ans au début de son mariage, il avait appris à aider sa femme et donc à faire la cuisine. Il surveilla la cuisson de la volaille toute la journée sans voir arriver Talia.

Lorsque l'heure du souper sonna, il reçut enfin de ses nouvelles, mais ce n'étaient pas celles qu'il espérait. Elle lui apprit que l'état de son père s'était aggravé durant la nuit et qu'elle l'avait accompagné à l'hôpital, où elle attendait le verdict du médecin. Jippy raccrocha et déposa la dinde fumante sur le comptoir.

– Ça sent bon, fit Souï en entrant dans la cuisine.

– Nous allons manger dès que les légumes seront cuits.

– Il faut attendre Talia.

– Elle ne mangera pas avec nous.

– Pourquoi ?

– Parce qu'elle a décidé de rester en ville.

– Nous ne serons jamais capables de manger tout ça.

– J'étais justement en train de penser la même chose…

– Est-ce que tu vas inviter Derek ?

– Il fête Noël en Espagne avec Stéphanie.

– Whisky, alors. Ou Branco ?

– Tous les membres de TGW passent le temps des Fêtes dans leurs familles, un peu partout aux États-Unis.

– Il y a sûrement quelqu'un moins loin qui aurait envie de manger avec nous.

Jippy n'était pas désespéré au point de téléphoner à Marlon Stone ou à Simon Maccrie.

– Keith… murmura-t-il pour lui-même.

Il chercha son numéro dans le petit carnet qu'il gardait dans son portefeuille. Il décrocha le combiné et appela le guitariste, qui vivait à quelques minutes à peine de chez lui. Il laissa sonner pendant d'interminables secondes.

– Il est peut-être retourné à New York, soupira Jippy.

Il allait reposer le téléphone lorsque Suzi lui répondit enfin. Keith n'avait pas entendu la sonnerie, car il écoutait l'album d'Arial à tue-tête dans le salon avec Kevin.

– Heureusement que je suis sortie de la douche avant que tu raccroches ! s'exclama joyeusement Suzi.

– J'ai une énorme dinde à partager ce soir. Êtes-vous libres ?

– Tu tombes à point, parce que nous allions nous faire des sandwichs.

C'était le premier Noël que les New-Yorkais célébraient loin de leurs grands enfants et la perspective de passer une soirée en bonne compagnie les enchanta. Jippy se retint de leur dire que ce n'était que le début, car à l'âge adulte, les enfants avaient leur propre vie à vivre.

La famille Roe arriva quelques minutes plus tard à la résidence des Wade. Kevin se colla contre son père en évitant les regards de leurs hôtes.

– Il est toujours timide quand nous arrivons quelque part, l'excusa Keith. Il redeviendra lui-même dans quelques minutes.

L'arrivée du chien dans le vestibule sembla faire sortir l'enfant de sa coquille. Kevin s'agenouilla et laissa le berger allemand lui lécher le visage en riant.

– Il s'appelle Bogus et il sait faire toutes sortes de tours, lui expliqua Souï.

– Tu lui montreras ses prouesses après le souper, d'accord ? intervint Jippy. Venez vous asseoir dans la salle à manger.

Dès les premières bouchées, Suzi et Keith durent reconnaître les talents certains de Jippy pour la cuisine, car tout était excellent : la viande, les légumes et les pommes de terre.

Pendant le repas, Jippy observa le comportement du jeune Kevin. Il ne se rappelait pas que ses fils aient été si tranquilles à dix ans. Le jeune Roe goûta à tout sans passer de commentaires et ses manières étaient impeccables. Il demanda même à sa mère la permission de quitter la table pendant que les adultes buvaient leur café.

– Il est adorable, lâcha Jippy lorsque le gamin fut parti.

– Nous sommes bénis, parce que nos trois garçons ont été sages comme lui, avoua Suzi.

– Ils ont des caractères différents, mais ils ont tous été très obéissants, ajouta Keith.

– J'ai connu la situation inverse, leur apprit Jippy en riant. Je suis bien content qu'ils soient grands et indépendants. Je n'ai plus à subir les conséquences de leurs actions irresponsables.

Jippy but quelques gorgées de café et remarqua la tristesse dans les yeux bleus du New-Yorkais.

– Arrivez-vous à vous habituer au climat de la Californie ? demanda-t-il.

– Il fait vraiment plus chaud, ici, soupira Suzi.

– Nous allons faire installer l'air climatisé dans la nouvelle maison, affirma Keith.

– Vous finirez par aimer la chaleur.

– Je préfère le froid, répliqua le guitariste.

– Je suis allé voir votre terrain, avant-hier. Les travaux avancent bon train.

– L'entrepreneur m'a promis que la maison sera prête en mars. J'ai hâte de me sentir enfin chez moi.

– Nous vivons dans les boîtes depuis plusieurs mois, se plaignit Suzi. Je ne voyais pas la nécessité de tout déballer pour si peu de temps.

Ils se mirent alors à parler de musique. Après une heure, Kevin fit irruption dans la cuisine.

– Papa, je veux un chien ! s'exclama-t-il.

– Je t'en achèterai un si tu arrives à convaincre maman.

– Viens voir ce que Bogus sait faire.

Kevin prit la main de Keith et tira dessus jusqu'à ce qu'il obtempère.

Dès le début du printemps, Keith Roe termina son premier album chez Tex-son en même temps qu'il emménageait dans son nouveau manoir. Au cas où ses fils décideraient de revenir à la maison, Suzi avait insisté pour que leur nouvelle demeure ait quatre spacieuses chambres à coucher au deuxième étage. Au rez-de-chaussée se trouvaient le salon, la cuisine, la salle à manger et un petit studio insonorisé, où le guitariste pourrait aller jouer à toute heure de la journée lorsque l'inspiration s'emparerait de lui.

Du côté des Wade, Talia était revenue à la maison après avoir passé de longues semaines auprès de son père, un ancien juge, qu'elle avait finalement dû placer dans un hospice pour gens très riches, où on lui fournissait les soins dont il avait besoin. Elle allait le visiter chaque semaine, de plus en plus troublée de le voir dépérir aussi rapidement. Son inquiétude avait bien sûr des répercussions sur son couple, mais Jippy avait décidé de souffrir en silence, jusqu'à ce que son beau-père aille rejoindre ses ancêtres écossais au ciel. Il faisait son possible pour rentrer manger à la maison tous les soirs, même s'il aurait préféré consacrer quelques heures de plus à l'administration de son entreprise.

Le temps que Keith complète le mixage de son premier album, Maccrie en avait enregistré un deuxième et était reparti en tournée avant même que ce dernier soit sur le marché. Les membres d'Arial préféraient la scène et les arénas aux studios d'enregistrement. Jippy s'empressait de se rendre à Tex-son tous les matins afin de ne pas manquer l'appel d'Eddy Thompson, qui dirigeait la tournée du groupe heavy metal. Il craignait toujours d'apprendre que ces rebelles avaient mis leurs chambres d'hôtel à sac ou qu'ils avaient commis quelque crime après un concert.

– Ils ont l'air méchant, mais ce sont des anges, lui répéta Eddy pour la centième fois.

– On dit tellement de choses sur Maccrie.

– Tous les gens qui ont du succès font l'objet de propos malveillants. Il ne faut pas croire tout ce qu'on raconte à leur sujet. Ils ne boivent jamais avant un spectacle. Ils n'injurient jamais personne, même quand on les bouscule. Ils prennent le temps de signer des autographes à la fin de chaque concert.

– Et le vaudou ?

Eddy éclata de rire à l'autre bout de la ligne.

– Je suis sérieux ! s'offensa Jippy.

– Simon a des croyances différentes des nôtres, mais il ne s'adonne à aucun rituel magique. Tu peux me croire, je le garde à l'œil.

– Alors, il ne pratique pas le satanisme et il ne boit pas de sang ?

– Pas plus que toi et moi. Arrête de t'en faire avec ces rumeurs invraisemblables. Elles sont toutes fausses. Les musiciens d'Arial ne sont pas plus bizarres que les membres des autres groupes de heavy metal.

Malgré le ton rassurant d'Eddy, Jippy continuait de ressentir un malaise chaque fois qu'il pensait à Simon Maccrie.

– As-tu pris le temps d'écouter les paroles de leurs chansons? poursuivit le directeur de tournée. Elles font état des problèmes sociaux et politiques de notre temps et elles s'attaquent souvent au diable lui-même.

– Ne les perds pas de vue, Eddy.

– Tu me connais mieux que ça.

Pour oublier les sorciers, les dragons et les démons, Jippy se plongea dans sa comptabilité. Ses coffres commençaient enfin à se remplir, ce qui lui permettrait de payer une partie de ses dettes. En fait, sa vie aurait été parfaite si Talia avait compris que leur bien-être dépendait de Tex-son. Les albums d'Arial se vendaient maintenant partout dans le monde et bientôt celui de Keith en ferait autant. Il s'attendait aussi à ce que Derek commence à lui parler d'un treizième album pour TGW, mais il tardait à l'appeler.

De petits coups furent frappés sur la porte ouverte du bureau. Jippy leva la tête et aperçut le regard inquisiteur de Winfried Scharf.

– Des ennuis? s'inquiéta le patron.

– Je n'en suis pas tout à fait certain…

– Entre et explique-toi.

Le technicien vint s'asseoir devant lui. Il commença par hésiter, triturant une cassette entre ses doigts.

– Habituellement, je ne prête pas attention aux paroles des chansons des groupes dont je m'occupe. Je me concentre surtout sur la musique et la sonorité. Ce n'est qu'une fois mon travail terminé que je m'installe dans mon fauteuil et que j'écoute enfin l'album en sirotant une bière.

– Et… ?

– La nouvelle composition de Maccrie, qui s'intitule « Le Phénix », m'a profondément troublé, hier soir, alors je voulais vous en parler.

– C'est offensant ?

– Je dirais plutôt que c'est dérangeant.

– Vas-tu finir par me dire de quoi il s'agit ?

– Cette chanson prédit la mort du plus grand guitariste de tous les temps.

– Avance-t-elle un nom ? s'inquiéta Jippy, qui connaissait plusieurs guitaristes de renom.

– Prenez le temps de l'écouter, puis vous me direz si nous en arrivons à la même conclusion.

Winfried déposa la cassette sur le bureau du patron et quitta la pièce, la tête basse. Jippy mit fin à son travail, alla fermer la porte et glissa la cassette dans le magnétophone. Pour être certain de ne manquer aucun des mots, il plaça les gros écouteurs sur sa tête et pressa le bouton de mise en marche. La pièce débutait par le rythme lourd si caractéristique d'Arial, mais tout au fond, sur une piste lointaine, Jippy entendit les notes cristallines et tristes d'une guitare qui jouait un solo de blues.

– Mais je connais cet air…

Toutefois, la musique heavy metal était si magnétique qu'elle nuisait à la concentration de Jippy. La voix saisissante de Simon Maccrie s'attaqua au premier couplet tout de suite après l'intro.

Animal fabuleux né de la larme d'une déesse
Oiseau unique de ton espèce

Malgré ton don unique et tes belles qualités
Tu finiras encore une fois brûlé
Mais renaîtras-tu de tes cendres, cette fois?

Jusque-là, il s'agissait d'une légende que tout le monde connaissait. Le refrain sembla cependant tracer une piste plus claire.

Ménestrel incomparable de Nouvelle-Hollande
Tu seras fauché avant ton temps, vivante légende
Car tes ailes tu n'auras pas ménagées
Prisonnier de ton talent inégalé

Et toujours cette guitare lointaine…

Chaque être s'incarne dans un but précis
Ton destin aura été de donner la vie
Au plus grand de tous les héros
Beau comme un dieu d'Eldorado
Il préservera le monde au creux de ses mains

Le dernier couplet était cependant bien nébuleux.

Tu retourneras vers les étoiles scintillantes
Où t'attend ta famille flamboyante
Du sommet du phare, tu veilleras sur la panthère
Pour la protéger contre les cruelles chimères
Qui tenteront de lui ravir son âme

Tandis qu'Arial entamait le pont, Jippy se laissa tomber sur le fauteuil installé près du magnétophone. Le solo déchirant qui suivit la partie instrumentale mit fin à ses réflexions. Cette fois, il reconnut clairement le style de cette guitare qu'il n'avait entendue qu'en sourdine au début de la pièce : c'était la marque ineffable de Keith Roe !

– Il prédit la mort de Keith ! s'exclama Jippy, abasourdi. Comment ose-t-il ?

Il se débarrassa des écouteurs et se mit à tourner en rond au milieu du bureau. Il était trop tard pour appeler Eddy, car les camions et l'autobus étaient certainement en route pour la prochaine ville de la tournée. Il fonça donc à la réception, passa devant Amanda à la vitesse d'un ouragan avant d'entrer dans la cabine d'enregistrement du studio A.

Accoudé à la console, Winfried tourna la tête vers le patron. Dans son regard, celui-ci vit la même terreur qui lui enserrait le cœur.

– Il parle de Keith ! explosa Jippy.

– C'est ce que je pense aussi, confirma le technicien.

– Il faut retirer cette chanson de l'album.

– Il est déjà en train d'être gravé à coups de milliers d'exemplaires.

– Comment Maccrie a-t-il eu l'impudence d'écrire une chanson pareille ?

– Je vois deux possibilités : un truc publicitaire qui fera jaser toute la planète ou…

– Ou ?

– … ou il a réellement la faculté de voir l'avenir.

– C'est impossible ! se fâcha Jippy. Tous ceux qui s'en vantent ne sont que des charlatans qui exploitent les gens !

– Je comprends que vous soyez en colère, mais je l'ai entendu prédire des événements qui se sont produits. C'est ce qui me rend si triste, car il serait vraiment dommage de perdre un musicien de la trempe de Keith Roe.

– Essayons plutôt de penser à la façon d'empêcher sa mort.

– La chanson parle d'épuisement qui lui sera fatal.

– Je vais la réécouter avec plus d'attention, mais il me semble avoir entendu ça aussi.

– Pourrait-on l'empêcher de partir en tournée? demanda Winfried, même s'il connaissait la réponse à sa question.

– Probablement pas, mais je peux m'assurer que les villes soient espacées et lui trouver un directeur de tournée qui veille sur lui comme sur le plus précieux de tous les joyaux.

– Personne n'est immortel, mais je crois bien que vous pourrez ainsi retarder l'inévitable.

– Merci, Winfried. Si tu trouves autre chose dans les chansons de qui que ce soit, préviens-moi.

– Je n'y manquerai pas.

Jippy retourna dans son bureau afin de se concentrer davantage sur les paroles du « Phénix ».

Afin de veiller sur la santé de Keith, Jippy retint les services du frère d'Eddy Thompson, qui lui jura sur la tête de sa mère que rien n'arriverait à son guitariste vedette. Jimmy ne ressemblait pas du tout à Eddy physiquement, mais la même bonté émanait de tout son être. Jippy le présenta à Keith, qui se dit ravi de travailler avec lui. Il embaucha ensuite des musiciens parmi les meilleurs de Californie et Derek les laissa répéter dans le club-house.

Keith était perfectionniste, mais il avait le don de se faire des amis partout, grâce à sa vaste culture et son écoute exceptionnelle. Il s'entendit tout de suite avec sa nouvelle équipe. Jimmy commença à le suivre comme son ombre, même dans les répétitions. Il voulait établir un lien de confiance avec le guitariste, afin qu'il s'ouvre à lui s'il ressentait le moindre malaise.

Puisque Kevin avait recommencé à étudier avec un professeur particulier qui se déplaçait jusqu'à Kennenika trois jours par semaine, Suzi décida de rester à la maison avec son fils. Elle fit donc promettre à Keith de l'appeler tous les jours pour lui raconter ses aventures.

Keith n'attirait évidemment pas les mêmes admirateurs qu'Arial. Cependant, il gagna rapidement un important public qui aimait le blues rock et la fluidité émotive de ses solos de guitare. Les Roe pouvaient se permettre d'attendre les rentrées d'argent des albums de Keith, puisque Suzi appartenait à une riche famille sicilienne. Monsieur Volpino avait un faible pour son fils Michael, mais il comblait également sa fille de largesses et envoyait régulièrement des cadeaux à ses petits-fils Hayden, Ian et Kevin qu'il adorait, même s'il ne les voyait plus très souvent.

Jippy assista au départ de l'autobus de tournée. Il attendit que Keith ait fini de faire ses adieux à Suzi et Kevin avant de lui adresser ses recommandations.

– J'aimerais que tu évites le surmenage durant les prochaines semaines.

– Ça fait des mois que je me repose à Kennenika, répliqua Keith avec un sourire amusé.

– Justement. Tu n'as jamais fait de tournée, alors vas-y doucement.

– Est-ce que tu te soucies ainsi de la santé de tous les musiciens qui enregistrent à Tex-son ?

– Seulement les meilleurs. J'aimerais que tu prennes mon conseil au sérieux.

– Oui, bien sûr. Mais tu t'inquiètes pour rien… Contrairement à tes démons du métal, je ne saute pas partout sur la scène. Je ne comprends même pas comment ils arrivent à jouer en bougeant autant.

Jippy lui serra la main avec affection.

– Moi aussi j'ai une faveur à te demander, fit Keith sur un ton plus grave. J'aimerais que tu jettes un œil de temps en temps sur ma famille en mon absence.

– Je t'en fais la promesse.

Le guitariste monta dans le gros véhicule à la demande du chauffeur, qui avait un horaire à respecter s'il voulait conduire ses passagers à destination à temps pour les prises de son. Jippy regarda partir l'autobus avec un pincement au cœur, mais celui qui commençait déjà à s'angoisser, c'était le jeune Kevin. Il était particulièrement attaché à son père et la seule pensée de ne pas le voir pendant des mois lui faisait monter les larmes aux yeux. Suzi connaissait le lien étroit qui unissait son mari et son fils, alors elle ne donna pas le temps à ce dernier de s'effondrer sur place. Elle le poussa plutôt dans sa voiture en lui disant qu'ils allaient faire des courses en ville et manger au restaurant.

Les distractions n'eurent évidemment qu'un effet temporaire sur les émotions de Kevin. De retour à la maison, durant la soirée, il alla s'asseoir sur son lit, devant l'affiche géante montrant Keith en spectacle. Toute sa famille faisait de la musique depuis qu'il était petit, mais il n'était pas sûr de vouloir suivre les traces de son père. Après avoir vu un ballet à New York en compagnie de ses grands-parents Volpino, l'enfant n'avait eu qu'un rêve : devenir un grand danseur. Suzi n'y voyait pas d'inconvénients, mais Keith s'était rebiffé contre cette passion. À son sens, son benjamin était déjà trop sensible pour un garçon de son âge. Il n'allait pas l'encourager davantage vers l'homosexualité. Suzi avait épuisé tous les arguments, lui prouvant que les hommes qui avaient embrassé cette carrière n'étaient pas tous gays. Keith n'avait rien voulu entendre.

Alors, l'enfant dansait quand il était seul dans sa chambre, imitant les mouvements dont il se souvenait. Son grand-père, qui n'était pas du même avis que Keith, lui avait acheté des livres d'images sur le ballet. Pour Noël, il lui avait même offert un appareil qui lisait les cassettes vidéo et avait enregistré quelques spectacles en cachette pour son plaisir.

Le premier soir sans son père, Kevin se mit à exécuter des pas de danse dans sa chambre pour se réconforter. Il savait que même s'il faisait du bruit, sa mère ne le gronderait pas. Il multiplia les pliés, relevés, pas de chat et pas de valse en prenant bien soin de se tenir le dos droit et de mettre beaucoup de grâce dans ses bras.

– Magnifique ! le félicita une voix d'homme.

Kevin eut si peur qu'il tomba sur les fesses. Ce ne pouvait pas être son père, car ce dernier était en route pour l'arizona. Il pivota vivement et aperçut les yeux turquoise de Simon Maccrie, assis sur son lit.

– Maman vous a laissé entrer ?

– Personne ne peut m'empêcher d'aller où je veux, jeune panthère.

Simon mit les bras dans son dos.

– J'ai un présent pour toi.

Lorsqu'il ramena ses mains devant lui, elles tenaient un gros félin noir en peluche.

– C'est une panthère ! s'écria l'enfant, fou de joie.

– Comme toi.

Kevin serra le jouet entre ses bras avec bonheur.

– Tu as commencé à chanter. C'est très bien.

– C'est papa qui choisit les chansons.

– Ce qui est tout à fait normal. Mais tu dois chanter tous les jours, car lorsque je ne pourrai plus le faire, c'est toi qui tiendras les guides d'Arial.

– J'ai bien trop peur des dragons…

– Tu apprendras à les aimer. Ce ne sont pas des monstres comme on essaie de nous le faire croire. Ce sont des bêtes pourvues d'une grande sagesse.

73

– En avez-vous déjà vu ?

– Mes meilleurs amis sont des dragons. Je te les présenterai quand tu seras grand.

– Kevin, à qui parles-tu ? fit la voix de Suzi dans le couloir.

L'enfant tourna la tête vers la porte en se demandant comment expliquer à sa mère la présence de son visiteur, mais lorsqu'il pivota vers son lit, le chanteur aux yeux fascinants avait disparu ! Suzi entra dans la chambre.

– À qui parlais-tu ? répéta-t-elle.

– À Simon.

La mère promena le regard dans la pièce.

– Il n'y a pourtant personne avec toi.

– Je te jure qu'il était ici.

– Simon est en tournée en Europe en ce moment, Kevin. Il ne peut pas se trouver à deux endroits en même temps.

– Je te dis la vérité !

Suzi se croisa les bras avec un air mécontent.

– Comment expliques-tu ça ? s'entêta l'enfant en lui montrant la panthère en peluche.

– Où as-tu eu ça ?

– Simon me l'a donné.

La sonnerie du téléphone mit fin à l'interrogatoire de Suzi, qui quitta la chambre pour aller répondre. Kevin la suivit, puisqu'il était sûr que cet appel provenait de son père. Sagement assis sur le sofa, il laissa ses parents discuter pendant de longues minutes, puis accepta le combiné que lui tendait sa mère. Keith voulut évidemment l'entendre parler du jouet qui était mystérieusement apparu dans leur maison. Kevin persista à dire qu'il lui avait été offert par Simon. Il répéta même à son père, le plus fidèlement possible, les paroles prononcées par le chanteur d'Arial.

Keith en vint finalement à la conclusion que le gamin avait dû s'endormir pendant quelques minutes et qu'il avait tout bonnement rêvé. Mais d'où provenait la panthère ? Lorsque le guitariste raccrocha, une nuée de questions se mirent à l'obséder. Il monta dans l'autobus et s'assit près de Jimmy Thompson.

– Que sais-tu sur Simon Maccrie ?

– Seulement ce que mon frère m'en a dit. Je ne le connais pas personnellement.

– Maccrie est-il capable d'apparaître en Californie tandis qu'il est en Allemagne ?

– Bien sûr que non. Personne ne peut faire une chose pareille, même ce musicien bizarre.

– Pourrait-il avoir le don d'influencer l'esprit des autres ?

– Ce n'est pas impossible. Il y a des magnétiseurs qui y arrivent.

– Si Maccrie a hypnotisé mon fils, il va amèrement le regretter.

Keith s'isola au fond du véhicule en essayant de comprendre pourquoi le chanteur de métal s'intéressait autant à Kevin. Dès son arrivée à l'hôtel, il tenterait d'entrer en communication avec Simon afin de lui demander des explications.

Keith réussit à contacter Simon tandis que ce dernier se trouvait en Angleterre. Le chanteur de métal affirma qu'il ne savait pas de quoi il parlait. Puisque Maccrie n'avait pas remis les pieds en Californie depuis son départ, Keith se replia donc sur sa théorie du rêve et n'en reparla plus à son fils. Toute cette histoire avait toutefois ébranlé Kevin, qui ne mentionna plus à ses parents les fréquentes visites nocturnes de son guide, afin de ne pas passer pour un menteur.

En fait, cet homme étrange était un merveilleux compagnon pour l'enfant, car il lui racontait des histoires fantastiques. Il l'aidait aussi à faire ses devoirs de mathématiques et lui parlait des étoiles. Ce que Kevin aimait le plus chez Simon, c'était les encouragements qu'il lui prodiguait. Il ne lui reprochait jamais son amour de la danse. Il prétendait plutôt que cette forme d'expression corporelle lui serait d'un grand secours plus tard dans la vie. Le garçon ne pouvait pas encore imaginer comment, mais le seul espoir de pouvoir un jour danser librement l'enchantait.

Pendant ce temps, chez les Wade, rien n'allait plus. Talia s'absentait de plus en plus souvent afin de se rendre au chevet de son père malade. Sans que Jippy s'en aperçoive, son épouse vidait méthodiquement ses tiroirs et ses penderies, emportant quelques effets chaque fois qu'elle quittait la maison. Lorsque le vieux juge reprit enfin du mieux, pendant l'été, Talia annonça brutalement à son mari qu'elle avait décidé d'aller vivre avec son père, ajoutant que son avocat lui présenterait bientôt les papiers de divorce.

– De divorce ? s'étrangla Jippy, ébranlé.

– Il arrive dans un couple que chacun des époux finisse par emprunter un chemin différent, répliqua Talia. Nous en sommes là. Autrefois, tu arrivais à concilier ta vie professionnelle et ta vie familiale, mais aujourd'hui, tu ne t'intéresses plus qu'à ton studio.

– Je t'ai pourtant expliqué à de nombreuses reprises que la mise sur pied d'une nouvelle entreprise nécessite des sacrifices pendant les premières années.

– J'ai élevé nos enfants. Je t'ai patiemment attendu tandis que tu parcourais le monde avec TGW. J'ai quitté un emploi qui m'apportait une immense satisfaction pour m'enterrer ici avec toi lorsque tu me l'as demandé.

– Est-ce ton père qui t'a montée contre moi ?

– Je vois mal comment il y serait arrivé, compte tenu qu'il a passé tous ces derniers mois dans le coma. Mais comment le saurais-tu, puisque tu ne m'as jamais demandé de quoi il souffrait. Tu es le seul artisan de cette séparation, Jippy. Je t'en prie, ouvre les yeux.

– Mais je ne demande que ça !

– Tu ne sais même plus ce qui se passe dans ta propre famille. Quand as-tu parlé à Sonny pour la dernière fois ? Sais-tu où est Nico ? Es-tu seulement au courant que Tasha est enceinte ?

– Quoi ? Depuis quand ? Qui est le père de l'enfant ?

– Elle est allée rejoindre Nico en tournée pendant la relâche universitaire et elle est tombée amoureuse d'Hayden Roe.

La gorge serrée, Jippy fut incapable de dire un mot de plus. Talia plaça ses dernières affaires dans des boîtes et les porta elle-même dans sa voiture. Paralysé sous le porche, Jippy la regarda partir. Son univers était en train de s'effondrer et il ne savait pas comment réagir. Derek l'avait souvent mis en garde contre sa tendance à ne rien voir en dehors de son travail. Persuadé que son vieil ami exagérait, Jippy n'avait pas écouté ses conseils.

À court d'arguments, le musicien ne tenta pas d'appeler sa femme pour l'implorer de lui donner une deuxième chance. Il était également hors de question de persuader leur fille de se faire avorter. Cela allait contre ses principes. Désemparé, il passa plusieurs longues soirées assis dans son salon, à regarder dehors. Il avait besoin d'aide, mais il ne savait plus vers qui se tourner. Souï ne semblait pas se rendre compte de ce qui se passait. Talia avait été si souvent partie qu'il ne s'inquiétait pas de son absence, et Jippy ne se décidait pas à lui expliquer ce qu'était un divorce.

Talia était partie depuis à peine une semaine qu'une autre tragédie marqua la vie de Jippy à jamais. Il était en train de préparer le souper lorsqu'il entendit les aboiements furieux de Bogus à l'extérieur. Il jeta un coup d'œil par la fenêtre, mais ne vit ni Souï ni le chien. Il avait pourtant répété souvent à son protégé de ne pas s'aventurer dans la forêt de sycomores qui s'étendait le long de la rivière. Puisque le berger allemand avait été dressé par des professionnels et qu'il ne jappait jamais sans raison, Jippy s'empressa de sortir dans la cour. Il remonta un sentier, se laissant guider par les plaintes de l'animal, et aperçut finalement le batteur couché sur le sol. Bogus lui léchait le visage, puis s'arrêtait pour pousser des cris aigus comme un loup.

Jippy se jeta à genoux près de son protégé qui battait faiblement des paupières. Sa respiration était courte et difficile.

– Qu'est-il arrivé?

Le jeune homme étant incapable de prononcer le moindre mot et les services d'urgence se trouvant à deux heures de Kennenika, Jippy souleva Souï dans ses bras et le transporta jusqu'à sa jeep. Il était si inquiet pour l'état de son ami qu'il ne vit pas le chien sauter dans le coffre de la voiture. Au risque de se faire arrêter par la police, le guitariste écrasa l'accélérateur. Il fila tout droit au Desert Regional Medical Center, dans la vallée de Coachella. Lorsqu'il fit finalement crier les freins devant les portes de l'urgence, des ambulanciers accoururent.

– De quoi souffre-t-il? demanda l'un d'eux en aidant ses collègues à déposer Souï sur une civière.

– Je n'en sais rien! Je l'ai trouvé par terre dans la forêt, derrière la maison!

– Le chien doit rester dehors.

– Le chien?

Jippy remarqua que Bogus léchait les doigts du batteur, dont un bras pendait sur le côté. Il le saisit donc par le collier et le traîna de force jusqu'à la jeep où il l'attacha, puisque ce véhicule n'avait pas de toit.

– Reste bien sage. Ils vont s'occuper de lui.

En entrant dans le bâtiment, Jippy ne vit Souï nulle part. On l'avait déjà transporté dans une salle d'examen.

– Êtes-vous avec le jeune homme qui vient d'arriver ? lui demanda l'infirmière de l'accueil.

– Oui, affirma Jippy, angoissé.

Debout devant le poste vitré de cette dame, le musicien répondit de son mieux à toutes ses questions en jetant de fréquents coups d'œil aux portes fermées derrière lesquelles les urgentistes tentaient de comprendre ce qui était arrivé à Souï. Un médecin sortit alors de la pièce, l'air grave. Le guitariste sentit son sang se glacer dans ses veines.

– Je cherche celui qui s'appelle Jippy ? fit l'homme.

– C'est moi…

– Je suis vraiment navré, monsieur.

– Navré ?

– Son cœur s'est arrêté de battre et nous avons été incapables de le réanimer.

– Non…

– Il aurait fallu agir tout de suite après la morsure du serpent.

Jippy tituba sur ses jambes et recula jusqu'à une chaise, où il se laissa tomber.

– Souï savait quoi faire en cas de morsure… balbutia-t-il.

– La dernière parole qu'il a prononcée vous était adressée. Il voulait que vous sachiez qu'il ne l'a pas fait exprès.

– Qui le fait exprès de mourir ? se fâcha Jippy.

Il bondit de son siège et fit irruption dans la salle d'où le médecin était sorti. Personne ne tenta de l'en empêcher. Jippy s'arrêta sur le bord de la table. L'infirmière qui se tenait près du corps de Souï adressa au musicien désorienté un regard chargé de tendresse.

– Vous êtes un membre de sa famille ?

– Non… mais tout comme…

– Je vais vous laisser seul avec lui. Prenez tout votre temps.

La femme referma doucement la porte derrière elle. Jippy demeura immobile, contemplant le visage de cet être innocent qu'il avait recueilli et élevé parmi ses propres enfants. Il avait toujours cru que le ciel n'avait pas choyé Souï en lui donnant un cerveau déficient. Toutefois, en le voyant aussi serein sur son lit de mort, Jippy dut en venir à l'évidence qu'au moins, le batteur n'avais jamais connu les mêmes tourments que les autres hommes. Il s'était toujours contenté de peu et avait passé sa vie dans un état constant d'émerveillement.

– Pardonne-moi… sanglota le guitariste. Je ne t'ai pas protégé comme j'aurais dû…

Il ne quitta la dépouille de Souï qu'une heure plus tard et remplit les documents médicolégaux de façon mécanique. Le personnel de l'hôpital lui demanda de rentrer chez lui et indiqua qu'un conseiller funéraire lui téléphonerait dans les plus brefs délais. Jippy retourna à la voiture. Couché dans le coffre, Bogus releva la tête en gémissant.

– Vous devriez le faire examiner lui aussi, conseilla un ambulancier. Il n'a pas arrêté de se plaindre depuis qu'il est là.

Jippy se demanda si l'animal avait pu être blessé en tentant de venir en aide à Souï. Il se rendit donc directement chez son vétérinaire, qui soumit le berger allemand à un examen en règle. Au bout d'une heure, on informa le musicien que le chien était en parfaite santé, même s'il continuait de couiner comme une vieille porte. C'était sans doute sa façon d'exprimer sa tristesse. Jippy ramena Bogus à la maison et se versa du whisky, même s'il n'avait rien mangé de la journée. Il avait besoin d'une dose rapide de courage pour réorganiser ses pensées. Qu'allait-il faire, seul dans sa grande résidence ? Même s'il n'avait pas eu beaucoup de temps à consacrer à Talia et à Souï depuis son arrivée à Kennenika, ils lui avaient apporté un immense réconfort. Maintenant, ils n'étaient plus là…

Le soleil avait entamé sa descente, mais Jippy n'avait toujours pas faim. En fait, il ne ressentait plus rien du tout. Il s'installa dans son fauteuil préféré et laissa l'obscurité envahir le salon. Bogus s'était couché sur un des chandails de Souï qui traînait sur le sofa. Jippy commençait à fermer les paupières lorsque la sonnerie du téléphone le fit sursauter. Il alluma la lampe à côté de lui et décrocha le combiné.

– C'est moi, Jimmy, s'annonça le frère d'Eddy.

Sa voix était angoissée.

– J'appelle pour t'apprendre que Keith s'est effondré sur scène, tout à l'heure.

– Ne me dis pas qu'il est mort…

– Il s'est seulement évanoui.

Un coup de poignard dans le cœur de Jippy lui aurait causé moins de souffrances.

– Je l'ai fait transporter à l'hôpital de Chicago et j'attends le verdict des médecins.

– Rappelle-moi dès que tu sauras quelque chose.

– Ça va de soi.

Jippy raccrocha, persuadé que le ciel était en train de lui tomber sur la tête. Il appela Derek chez lui pour lui résumer ce qui s'était passé durant les dernières heures.

Sans faire ni une ni deux, son vieux copain quitta son manoir et vint le réconforter sur place. Ils burent ensemble en se racontant de vieilles anecdotes sur la vie de Souï, mettant davantage l'accent sur les bons moments. Derek ne quitta pas Jippy d'une semelle. Il s'occupa avec lui des funérailles et de l'enterrement.

Les obsèques de Souï eurent lieu quelques jours plus tard. Les journalistes, ayant eu vent du drame, en parlèrent dans les journaux, si bien qu'au lieu d'une cérémonie intime dans l'église de son ancien quartier de Los Angeles, Jippy se trouva aux prises avec une foule considérable d'admirateurs de TGW qui tenaient à dire au revoir à leur batteur préféré. L'édifice n'étant pas assez grand pour y asseoir tous ces gens, la police dut calmer ceux qui ne pouvaient pas y entrer. Derek eut alors l'idée d'installer sur le parvis l'un des écrans géants dont le groupe se servait durant ses concerts. L'installation du panneau nécessita plusieurs heures et retarda la cérémonie, mais eut l'effet d'apaiser la foule.

Jippy n'entendit pas un seul mot du sermon. De toute façon, il ne croyait plus depuis longtemps à tous ces rituels inventés par les hommes pour assujettir leurs semblables. Le musicien préféra s'adresser directement à son Créateur. Les yeux fixés sur le cercueil, qui reposait dans l'allée centrale de l'église, il lui demanda de prendre bien soin de Souï. Celui-ci n'avait jamais fait de mal à une mouche de toute sa vie. Si c'était possible, aussi, de lui trouver un autre chien au paradis…

Le patron de Tex-son se mit ensuite à penser à Keith, qui lui avait fait une grande frayeur au début de la semaine. Le guitariste new-yorkais avait été hospitalisé pendant quelques jours, puis il avait insisté pour poursuivre sa tournée.

– Allez, viens… fit la voix lointaine de Derek.

Jippy se rendit compte que la messe était terminée et qu'on s'apprêtait à sortir le cercueil à l'extérieur. Derek le tira par la manche jusqu'à sa place, car les membres de TGW avaient demandé à porter leur ami jusqu'au corbillard.

Lorsqu'ils arrivèrent dehors, un grand silence les accueillit. Leurs admirateurs avaient laissé approcher les voitures noires en témoignant leur respect. La plupart pleuraient.

Ce ne fut qu'une fois au cimetière que Jippy remarqua la présence de ses enfants parmi les proches qui avaient eu la permission de suivre le cortège. Sonny et Anastasia, son épouse, se tenaient par la main, l'air triste. Un peu plus loin, Nico et Tasha observaient la mise en terre en compagnie d'Hayden Roe. Plus grand que son père, ce dernier ressemblait davantage à sa mère. Ce n'était guère le moment d'aller discuter avec lui de sa soudaine paternité. Talia, quant à elle, brillait par son absence. Pourtant, elle avait élevé Souï comme son propre fils.

Le prêtre demanda à Jippy de s'approcher, mettant fin à ses rêveries. Le guitariste prononça un touchant discours d'adieu à cet ange que le ciel avait placé sur sa route, car Souï lui avait enseigné la simplicité et la modestie. Lorsqu'il eut terminé son éloge, Derek, Whisky et Branco vinrent ajouter quelques mots, puis le cercueil fut descendu dans la fosse. La foule commença à se disperser discrètement. Les enfants de Jippy en profitèrent pour s'approcher de leur père.

– Je partage ta douleur, papa, fit Sonny. Je sais à quel point tu étais attaché à Souï et que ta vie ne sera jamais plus pareille. Pourquoi ne viens-tu pas passer quelques jours avec nous à Malibu ?

Sonny avait les cheveux blond clair de Talia, ainsi que ses yeux bleus, mais il était bâti comme un Wade : grand, mince et élégant.

– Merci de me l'offrir, répondit Jippy, mais j'ai trop de travail.

– C'est une terrible perte pour TGW et pour toi, se désola Nico. Je ne sais même pas ce que je pourrais dire pour te réconforter.

– Je m'en remettrai avec le temps. Cessez de vous inquiéter pour moi.

– Toutes mes condoléances, monsieur Wade, dit Hayden.

La poignée de main du jeune Roe inspira aussitôt confiance à Jippy, si bien qu'il oublia l'interrogatoire auquel il avait eu l'intention de le soumettre.

– Comment se porte ton père ? demanda plutôt Jippy.

– C'est difficile à dire, puisqu'il fait tout ce qu'il peut pour éviter le sujet.

– Est-ce la première fois qu'il perd connaissance au milieu d'un concert ?

– Malheureusement, non. Il ne se livre jamais à moitié devant ses fans. Ma mère ne cesse de lui répéter que c'est son intensité émotive qui finira par le tuer.

– Et toi, tu lui ressembles ?

– Tout comme lui, je veux faire de la musique pour gagner ma vie, mais à un rythme qui me permettra de me rendre jusqu'à un âge avancé.

– Prends-tu de la drogue ?

– Non, répondit Nico pour lui. Il ne boit pas et il ne fume pas non plus.

Tasha se faufila dans les bras de Jippy et le serra bien fort. Sa grossesse ne se voyait pas encore.

– Père-poule, chuchota-t-elle à son oreille.

Jippy accepta d'aller manger au restaurant avec ses enfants, puis rentra chez lui. Bravement, il tenta de reprendre sa routine, mais l'absence de ses êtres chers lui pesait de plus en plus chaque jour. Par surcroît, les incessantes lamentations de Bogus ne l'aidaient pas à reprendre son aplomb. Jippy décida donc d'emmener le chien à Tex-son avec lui lorsqu'il travaillait, mais cette distraction ne mit pas fin à ses gémissements. Comment lui expliquer que Souï ne reviendrait pas et qu'il devait lui aussi trouver une façon de se consoler ?

La réponse aux prières de Jippy arriva aux studios quelques semaines plus tard, lorsque le jeune Kevin se présenta à Tex-son avec son père, qui prenait un repos bien mérité avant d'enregistrer un nouvel album. Dès que le berger allemand aperçut l'enfant, il bondit sur lui, le plaqua au sol et lui lécha le visage en jappant de plaisir. Keith ne sembla pas s'alarmer de voir son fils écrasé sous le gros chien, mais Jippy avait fait dresser l'animal justement pour éviter ce genre de comportement de sa part.

– Assez ! ordonna-t-il.

Le berger allemand recula et s'assit docilement.

– Il est très exubérant tout à coup, remarqua Keith.

– Pourtant, il n'a pas cessé de gémir depuis le départ de Souï, s'étonna Jippy.

– C'est Bogus, papa ! lui rappela Kevin.

Le chien suivit Kevin toute la journée et, lorsque vint le temps pour l'enfant de partir avec son père, l'animal piqua une crise terrifiante. Hystérique, il se mit à frapper la porte de verre de l'immeuble avec ses pattes en poussant des aboiements de désespoir. Jippy lui ordonna de se calmer, puis, voyant qu'il n'arrivait à rien avec son chien, il le laissa sortir dehors. Bogus fonça vers la Porsche 911 de Keith et sauta sur les genoux de Kevin, par la fenêtre ouverte de sa portière. Jippy se précipita au secours de l'enfant, mais s'aperçut que celui-ci avait passé les bras autour de l'animal en riant.

– Il pousse la sociabilité un peu loin, fit remarquer Keith, découragé.

– Depuis la mort de Souï, c'est la première fois qu'il semble heureux. Si vous le voulez, je vous le donne.

– Dis oui, papa! s'exclama Kevin.

Assis sur les genoux de l'enfant, Bogus lui léchait les doigts avec amour.

– Kevin a toujours voulu avoir un chien, mais nous ne pouvions pas avoir d'animaux, à New York. À Kennenika, j'imagine que nous aurons suffisamment d'espace pour lui.

– Je vais prendre bien soin de lui, papa!

Jippy leur promit d'aller leur porter la nourriture, les bols et les jouets de Bogus durant la soirée et leur recommanda toutefois de lui procurer de l'eau dès leur arrivée à la maison. Il regarda ensuite partir la voiture, content que l'animal ait trouvé une nouvelle raison de vivre, mais triste aussi de se retrouver vraiment seul au monde.

11

Sept années passèrent sans qu'une autre tragédie frappe la vie de Jippy Wade. Il ne rentrait plus chez lui que pour dormir. Afin de tromper sa solitude, il vivait surtout dans son bureau. Il avait enregistré un album solo de pièces musicales qu'il avait composées au fil des ans, puis un dernier album avec TGW. Derek envisageait maintenant une tournée d'adieu pour le groupe, ce qui ne déplaisait pas du tout à Jippy. Il avait besoin de voir du monde.

Arial continuait de produire des albums aux ventes fracassantes. Keith en enregistrait deux fois moins, mais il connaissait un succès similaire. Grâce à eux, Jippy s'était enfin débarrassé de ses dettes. Sa seule joie, c'était sa petite-fille de six ans, la seule enfant de Tasha, qui avait finalement épousé Hayden Roe. Katia était le portrait de sa grand-mère Talia, autant par son caractère que par son physique. Elle vivait à Malibu avec ses parents, mais visitait son grand-père une fois par mois. Ensemble, ils allaient faire de l'équitation au ranch de Derek.

Lors de sa dernière visite, Jippy avait expliqué à Katia qu'il partait pour de longs mois, mais qu'ils se parleraient au téléphone. L'enfant blonde commença par faire la moue, puis lui fit un gros câlin en l'avertissant de ne pas faire de folies. Là aussi, le guitariste reconnut le ton de son ex-épouse. Il apporta sa valise à Tex-son le lendemain. En réalité, il n'avait pas besoin de grand-chose et il pouvait toujours acheter ce qui lui manquait dans les villes où le groupe se produisait. Tandis qu'il rangeait ses papiers, il vit entrer Amanda, le visage livide. Ses belles années de paix venaient-elles de prendre fin ?

– Que se passe-t-il ? osa demander Jippy.

– Seashell Cheong est mort la nuit dernière d'une surdose de médicaments, après le dernier concert d'Arial à Orlando, lui apprit la réceptionniste, en état de choc.

– C'est malheureusement ce qui attend tous ceux qui avalent des pilules comme si c'était des bonbons. Si des journalistes appellent à ce sujet, passez-les-moi. S'ils téléphonent après mon départ, ne leur dites rien.

– Ça va de soi.

– Et j'aimerais parler à Eddy dès que possible.

Jippy s'enferma dans le bureau en se demandant comment il parviendrait à remplacer Cheong, car Simon Maccrie était très exigeant quant à ses musiciens. Le chanteur les avait triés sur le volet selon quelques mystérieuses configurations astrologiques, apparemment. Rien ne prouvait que les astres reviendraient bientôt aux mêmes positions.

Pris au dépourvu par la mort du guitariste au milieu de la tournée, Eddy ne mit pas longtemps à contacter son patron. Il raconta à Jippy que le jeune homme souffrait d'insomnie et qu'il prenait des somnifères tous les soirs, sauf que la veille, il avait consommé une grande quantité d'alcool dans un restaurant.

– Est-ce que je dois ramener tous les camions en Californie ? demanda Eddy.

– Oui, sauf si Maccrie insiste pour poursuivre la tournée avec un seul guitariste.

– Je lui en parlerai tout à l'heure. Il est au téléphone avec la famille de Seashell, en ce moment. Il semble que sa famille veuille rapatrier le corps en Chine.

– Êtes-vous obligés de les attendre avant de quitter Orlando?

– Je n'en sais rien. C'est la première fois que je perds un musicien depuis le début de ma carrière.

Jippy dut donc attendre quelques heures, pour finalement apprendre que la dépouille du guitariste demeurerait à la morgue, où sa famille viendrait la chercher. Les funérailles auraient lieu en Chine et les journalistes n'y seraient pas conviés. D'autre part, Simon avait décidé de poursuivre la tournée pour honorer la mémoire de Cheong. Rassuré, Jippy partit donc en tournée avec TGW pour la dernière fois. Il resta au courant de tout ce qui se passait grâce à sa secrétaire, qui tenait bravement le fort. En appelant à Tex-son après avoir effectué la balance du son dans le stade où le groupe allait jouer durant la soirée, Jippy capta aussitôt l'angoisse dans la voix d'Amanda.

– De qui s'agit-il, cette fois? demanda Jippy, en se doutant qu'Arial avait encore fait des siennes.

– Albatros et Volcano ont perdu la vie dans un accident de voiture, tôt ce matin…

– Pas encore… Suicide ou accident?

– Je l'ignore.

– Dès que vous saurez quelque chose, appelez-moi à l'hôtel.

Il raccrocha le combiné du téléphone public. En se demandant comment il arriverait à remplacer autant de musiciens, il mit un pied à l'extérieur de la cabine.

Le téléphone sonna. Jippy n'avait pourtant pas donné le numéro de l'appareil public à Amanda… Intrigué, il décrocha.

– Le destin s'en chargera, déclara une voix familière.

– Le destin ?

– Cette puissance qui fixe de façon irrévocable le cours des événements.

Il ne pouvait s'agir que de Simon Maccrie.

– C'est ainsi que tu as recruté tes premiers musiciens ?

– Ils sont venus à moi comme des brebis qui ont reconnu leur berger.

– Ça se passait peut-être ainsi il y a dix ans, quand il y avait beaucoup moins de guitaristes et de bassistes que maintenant. Je suis plutôt d'avis que nous devons rédiger une annonce et la faire publier dans les magazines et les journaux.

– Ce serait une pure perte de temps.

– Tu ne sembles pas très ému par la perte de deux autres de tes amis.

– La mort fait partie de la vie. Il n'y a rien que je puisse y faire.

– En attendant que le destin remplace Cheong, Yamamura et Fang, je te conseille d'aller te reposer.

– Cela ne fait malheureusement pas partie des plans du cosmique. Je dois écrire les pièces du prochain album, car nous l'enregistrerons bientôt.

– C'est ce que nous verrons. En passant, comment as-tu eu ce numéro ?

– J'ai des espions partout.

Jippy pivota sur lui-même en s'entortillant dans le fil du combiné. Il n'y avait pourtant personne.

– Ils ne sont pas nécessairement humains, ajouta Simon.

– Je ne crois pas à toutes ces histoires de pouvoirs surnaturels.

– C'est ton choix.

Simon raccrocha. Jippy émit un grondement de mécontentement et en fit autant. Tandis qu'il longeait le corridor qui menait à la scène, il se surprit à espérer que Maccrie mette des années avant de dénicher un bassiste et deux guitaristes à son goût, car ainsi, il n'aurait plus à croiser l'inquiétant sorcier et son batteur envahissant.

Avant le concert, Jippy se faufila parmi les techniciens sur le bord de la scène pour écouter jouer un guitariste dont on faisait de plus en plus l'éloge dans le monde du rock. Il s'appelait Dave Lynch et il était originaire de Chicago. L'épaule appuyée contre une colonne de son, Jippy évalua le potentiel du jeune homme et jugea qu'il avait bien trop de talent pour faire partie d'un groupe débutant. Accepterait-il de grimper les échelons plus rapidement afin de passer à un groupe vedette?

Jippy demanda à Eddy de retenir Lynch lorsqu'il aurait fini sa prestation, afin qu'il puisse s'entretenir avec lui plus tard dans la soirée. Intrigué, le Chicagoan accepta de rencontrer le vétéran de TGW dans sa loge. Jippy lui serra la main après avoir essuyé la sienne sur son t-shirt, et observa le visage du jeune musicien. Ce qu'on remarquait tout de suite chez lui, c'était le sourire qui ne quittait jamais ses lèvres. Ses cheveux bruns bouclés retombaient sur ses épaules et ses yeux bleus fixaient ses interlocuteurs sans détour. Il écouta la proposition du patron de Tex-son. Il connaissait évidemment Arial, comme les trois quarts de la planète, d'ailleurs.

– Je n'ai jamais été attiré par le métal, avoua Lynch, mais j'admets que celui de Simon Maccrie est beaucoup plus étoffé que ce qui se fait en ce moment.

– Tout ce que je te demande, c'est de le rencontrer en Californie, dès que tu le pourras. Je te défraierai pour tes dépenses.

– Entendu.

Ce soir-là, lorsque l'autobus déposa les membres de TGW à l'hôtel, Mike Brennan, le batteur qui avait remplacé Souï, marcha avec Jippy jusqu'à sa chambre.

– Je ne veux surtout pas me mêler de ce qui ne me regarde pas, mais je connais un excellent bassiste qui n'est pas très heureux de son sort et qui aimerait certainement travailler pour Maccrie.

– Ce musicien a-t-il les nerfs solides ?

– Il est né à East L.A.

C'était le quartier le plus dur de la ville.

– Demande-lui d'appeler Amanda et de prendre rendez-vous avec les deux survivants d'Arial.

En supposant que le style du bassiste plairait à Simon, il ne resterait plus qu'à trouver le cinquième membre du groupe de métal. Jippy n'eut toutefois pas à attendre très longtemps. Trois jours plus tard, Hayden Roe l'appela après le concert de TGW à Détroit. Il venait de découvrir dans un club un guitariste qui plairait sans l'ombre d'un doute à Simon. Il s'appelait Rik Stanza et son groupe jouait principalement des chansons connues, mais Stanza était incapable de s'en tenir au style du guitariste original. Il apportait à ses partitions une touche personnelle qui ressemblait de façon inquiétante à celle des défunts guitaristes d'Arial. Jippy demanda donc à Hayden d'approcher Stanza et de l'inviter à rencontrer

Maccrie. Finalement, le sorcier avait encore eu raison. Ni Tex-son, ni Arial n'avait eu à placer une annonce sur le circuit musical. Les trois musiciens que Simon cherchait venaient de se manifester comme par enchantement. Malgré tout, Jippy continuait de nier qu'un homme puisse posséder quelque pouvoir surnaturel que ce soit.

À son retour de tournée, il apprit avec satisfaction que les guitaristes Dave Lynch et Rik Stanza avaient auditionné et que, depuis, ils venaient jouer tous les jours avec Maccrie. Ils avaient beaucoup de pain sur la planche, puisque le répertoire du groupe de métal était impressionnant.

– Justement, ils sont là depuis neuf heures ce matin, déclara Amanda.

– Qu'en est-il de Rudy Acevedo ? s'enquit Jippy.

L'interrogation sur le visage de la réceptionniste fit comprendre au patron qu'elle ne savait pas de qui il s'agissait. Il haussa les épaules et alla s'installer dans son bureau pour éplucher son courrier. L'intercom vibra quelques minutes plus tard.

– Avez-vous des pouvoirs comme monsieur Maccrie ? murmura la voix inquiète d'Amanda.

– Pourquoi me demandez-vous ça ?

– Parce que monsieur Acevedo est devant moi…

– Excellent !

– Voulez-vous que je le conduise au studio A ?

– Non. Je vais le faire moi-même.

Il s'empressa d'aller serrer la main du jeune Portoricain aux longs cheveux noirs et aux yeux très sombres.

– Depuis combien de temps joues-tu de la basse ? s'enquit le patron de Tex-son en le conduisant dans le couloir jalonné de portes.

– Depuis au moins dix ans.

Jippy ne cacha pas sa surprise.

– Ne vous fiez pas aux apparences, monsieur Wade. J'ai vingt-cinq ans.

Il avait en effet l'air beaucoup moins âgé. Jippy le fit entrer dans la cabine déserte, puisque le groupe n'était pas du tout prêt à enregistrer un nouvel album. Les quatre membres d'Arial étaient justement en train de répéter l'un des plus grands succès du groupe. Rudy resta debout derrière la console, attentif.

– Mais qu'est-ce que je vois là ? s'exclama joyeusement Marlon à la fin de la chanson. Est-ce un bassiste ?

Jippy appuya sur le bouton qui lui permettrait de se faire entendre dans la salle insonorisée.

– Rudy Acevedo aimerait faire un essai avec vous.

– Quel nom splendide ! s'extasia Marlon.

Le batteur quitta son poste et poussa l'épaisse porte qui donnait accès à la cabine.

– Je m'appelle Marlon Stone, se présenta-t-il en lui tendant la main.

– Pas mal non plus comme nom, répliqua Rudy en acceptant sa poignée de main.

– Je l'aime déjà !

Mais Marlon aimait tout le monde.

– Quand Simon m'a dit, ce matin, que nous aurions un nouveau bassiste avant le coucher du soleil, je ne l'ai pas cru, poursuivit le batteur.

Il poussa Rudy dans le studio et l'arrêta devant Maccrie. Habituellement, il n'y avait aucune émotion sur le visage du sorcier, mais ce jour-là, un sourire se dessina sur ses lèvres.

– Toutes les pièces sont maintenant réunies pour le règne de la panthère, déclara-t-il.

– Je vous demande pardon ?

– Il est heureux que tu sois là, traduisit Marlon.

Jippy resta dans la cabine, n'ayant aucun désir de participer aux présentations. Il assista plutôt à l'audition du bassiste, dont le style correspondait parfaitement à celui du groupe. Tout en chantant, Maccrie observait le patron de Tex-son qui se tenait de l'autre côté de l'épaisse baie vitrée. Jippy avait rencontré beaucoup de gens durant sa carrière et il avait toujours été en mesure de les jauger, mais il lui était impossible de sonder les véritables intentions de cet homme. Pourquoi Maccrie n'avait-il pas recruté d'autres Asiatiques, puisqu'il semblait partager un lien particulier avec cette culture ? Et de quelle panthère parlait-il ?

En quelques heures à peine, les recrues s'avérèrent capables de jouer à la perfection toutes les pièces du premier album d'Arial. Jippy retourna à son bureau. Il aurait dû être heureux de la tournure des événements, mais il éprouvait un indéfinissable abattement. Il se versa un verre de scotch pour faire taire sa faim et acheva de survoler sa correspondance.

– Je devrai bientôt céder ma place, fit une voix en provenance de la porte.

Jippy sursauta et vit Maccrie à quelques pas seulement de son bureau.

– Maintenant que nous t'avons procuré d'autres musiciens ? réussit à articuler le patron de Tex-son, malgré le frisson glacé qui lui parcourait l'échine.

– Je n'ai jamais prétendu qu'ils étaient pour moi.

– Es-tu en train de me dire que tu vas quitter Arial ?

– Mon temps sur ce plan d'existence s'achève.

– Tu vas mourir?

– C'est le sort de tout ce qui respire.

– Je t'ai posé une question simple et je veux une réponse simple, exigea Jippy.

– Il n'est pas aisé d'expliquer à un homme sans foi que nous avons tous un rôle à jouer sur le grand échiquier de la vie. Lorsque nous avons rempli notre mission, nous devons retourner à notre Créateur.

– Pourquoi ai-je l'impression que nous ne partageons pas le même?

– Parce que ton dieu est l'alcool?

Jippy sentit la colère monter en flèche dans tout son corps.

– Lorsque mon héritier m'aura remplacé, j'ascensionnerai afin d'aller rejoindre mes maîtres de lumière, poursuivit Simon.

Était-ce le temps qu'il avait passé au Japon qui avait rendu le langage de cet homme aussi incompréhensible?

– Ascensionner? répéta Jippy.

– Se débarrasser de son corps physique et devenir un être de pure énergie.

– Se suicider, donc?

– Le suicide est le geste désespéré d'une créature qui ne sait plus comment s'en sortir. L'ascension est un pas en avant sur l'échelle d'évolution des âmes. Tout deviendra plus clair pour toi au moment de ta propre mort.

– Je ne suis pas pressé.

Simon pencha doucement la tête sur le côté, comme s'il devinait que Jippy voulait lui dire autre chose.

– J'ai une autre question au sujet de la mort, fit le patron des studios.

– Au sujet du Phénix ?

La clairvoyance de Maccrie désarçonna une fois de plus Jippy.

– C'est une chanson qui s'adresse à tous ceux qui abusent de leur force.

– Ne vise-t-elle pas quelqu'un en particulier ?

– Merci d'avoir répondu à l'appel du destin. Ces musiciens sont exactement ceux qu'il me fallait pour passer le flambeau au plus grand chanteur de tous les temps.

Maccrie fit quelques pas vers la sortie, puis se retourna.

– Elle sera bientôt là, déclara-t-il. Prépare-toi.

– De qui parles-tu ?

– De celle qui réchauffera tes nuits.

Simon quitta la pièce sans rien ajouter. Même s'il portait des bottes de cuir, on ne l'entendait jamais marcher.

– La sorcellerie n'existe pas, déclara Jippy pour tenter de s'en convaincre.

Il secoua la tête et se remit au travail.

Kevin Roe fêta ses dix-huit ans quelques jours avant l'anniversaire de son père, car Keith était né le 13 avril et son benjamin le 7 avril. Bogus étant mort dans son sommeil un mois auparavant, ses parents voulurent lui offrir un chiot, mais Kevin refusa. La soudaine disparition de son animal favori lui causait trop de chagrin. Il avait besoin de vivre son deuil. Keith et Suzi décidèrent donc de lui acheter sa première voiture : une Corvette rouge décapotable de l'année, afin qu'il puisse se déplacer à sa guise.

Puisque leur benjamin était maintenant assez grand pour s'occuper de lui-même, Suzi partit avec son époux en tournée. Contrairement à ce qu'ils pensaient, Kevin était incapable de rester seul, alors il passait le plus clair de son temps à Tex-son.

Suzi avait sommé Kevin de choisir une carrière, précisant qu'à son retour, elle l'inscrirait dans le collège de son choix. Alors, assis au bout du quai que Keith avait fait construire sur la rivière derrière son manoir, le jeune homme se torturait l'esprit en vain. Il avait obtenu des notes qui lui permettraient d'opter pour n'importe quel domaine, mais rien ne l'attirait. Cependant, s'il ne prenait pas bientôt une décision, sa mère le ferait pour lui. Suzi mettait toujours ses menaces à exécution.

Les sciences de la santé n'intéressaient pas le jeune Roe, et une carrière en droit encore moins. Son père lui avait enseigné la musique et la guitare. Kevin jouait presque aussi bien que ses grands frères, mais il n'avait malheureusement pas hérité de leur imagination. Il n'arrivait tout simplement pas à composer ses propres chansons. Incapable d'évaluer ses forces et ses faiblesses, il cessa d'y penser. Au retour de ses parents, il se soumettrait à leur volonté.

Tous les matins, Kevin commençait la journée par une exténuante séance d'exercices physiques et de chorégraphies de ballet afin de conserver sa souplesse. Il continuait de rêver d'une carrière de danseur, mais Keith s'y opposait, et l'opinion de son père comptait beaucoup pour lui.

Kevin allait ensuite nager dans la rivière, puis il se rendait à Tex-son quelques heures avant l'arrivée des musiciens d'Arial, en général avant midi. Simon lui enseignait à maîtriser sa voix. Les leçons de l'insondable sorcier commençaient d'ailleurs à porter fruit, puisque Kevin arrivait à rendre la plupart des succès d'Arial avec beaucoup de conviction. Mieux encore, il n'était pas aussi statique que Maccrie devant un micro. Il exprimait ses émotions dans sa gestuelle et dans tout son corps. La scène musicale avait changé depuis les débuts d'Arial et les fans réclamaient maintenant des concerts plus vivants et plus visuels. Kevin allait bientôt changer la face même du métal. Il l'ignorait encore, mais il serait adulé par des millions d'admirateurs jusqu'à la fin de sa vie.

Ce jour-là, lorsque son protégé eut terminé *Seuls les forts survivent*, Simon l'applaudit chaudement.

– Je peux faire encore mieux! regimba Kevin.

– C'est certain, mais je tiens tout de même à te faire savoir que je suis fier de tes progrès.

En plissant le front, Simon s'approcha du jeune homme et dégagea la chaîne qui pendait dans son cou, cachée sous son haut en spandex noir. Il y découvrit une breloque circulaire en or sur laquelle était gravée la face du berger allemand avec lequel il avait passé toute son adolescence.

– L'énergie de cette médaille t'est néfaste.

– C'est tout ce qui me reste de Bogus et j'y tiens, répliqua Kevin.

– Lorsque tu auras enfin compris que nos meilleurs souvenirs sont ceux que conserve notre esprit, tu la remiseras dans un coffre où elle ne pourra plus te nuire.

– Jamais.

Marlon choisit ce moment pour entrer dans le studio en transportant un plateau chargé de tasses de café.

– Mais qui t'a fait de la peine, mon petit cœur? s'affligea le batteur en déposant son fardeau sur le banc du piano.

– C'est rien…

– Ton papa te manque?

– Arrête, Marlon, tu vas me faire pleurer, ronchonna Kevin.

Dave, Rik et Rudy entrèrent dans le studio et avalèrent leur dose de café avant de réchauffer leurs doigts en exécutant d'innombrables gammes. S'ils manquaient parfois d'émotivité, les guitaristes du début des années quatre-vingt étaient d'une incroyable dextérité.

– Nous sommes prêts, annonça finalement Dave.

– C'est Kevin qui chantera à ma place aujourd'hui, leur apprit Simon en se croisant les bras.

– Certainement pas, rétorqua le jeune homme en secouant la tête.

Maccrie alla s'asseoir à l'autre bout de la pièce et fit signe à ses musiciens de commencer la répétition. Rik dirigea un regard suppliant vers Dave.

– Ce que le patron veut, Dieu le veut, soupira le guitariste.

Ils se mirent à jouer tandis que Kevin tournait autour du micro comme un chat qui ne sait pas comment attraper un oiseau.

– C'est à toi, mon amour! l'encouragea Marlon.

S'il avait souvent vu ses parents en spectacle, Kevin n'avait jamais lui-même chanté devant les gens.

– Allez, allez! insista le batteur.

Kevin connaissait fort bien les paroles de *Soldats de la Terre*, mais il avait toujours chanté par-dessus la voix de Simon, jamais seul.

– Faut-il que je te donne une claque sur les fesses? le menaça Marlon.

Le jeune Roe ferma les yeux, plongea au plus profond de lui-même et se lança dans le premier couplet.

Face à face, depuis toujours je vous observe
Levant mon sabre pour détruire les plus puissants
Du sommet des montagnes jusqu'au fond de l'océan
Cherchant sans répit à tuer la bête
Le cri du chacal retentit sur la plaine
L'ennemi immortel de l'homme le met au défi
La science secrète a dérapé et évoqué le serpent
Qui dormait sous nos pieds

Possédant une voix beaucoup plus mélodique que Maccrie, Kevin venait de donner une toute nouvelle vie à cette chanson qui dénonçait depuis plus de dix ans les abus que les dirigeants du monde faisaient subir à la population afin de se remplir les poches. Les choses n'ayant guère changé depuis, elle était toujours d'actualité.

> *Nous sommes les soldats de la Terre*
> *Nous sommes les soldats de la Terre*
> *Et nous vous cherchons, cherchons, cherchons…*

Plus la chanson progressait, plus les membres du groupe constataient une véritable transformation dans la personnalité de Kevin. L'adolescent timide et réservé était soudainement devenu un puissant chanteur qui n'hésitait pas à appuyer de ses gestes les paroles de ce tout premier succès d'Arial.

> *Crime odieux commis dans le sang et la corruption*
> *Chefs malhonnêtes qui contrôlent nos esprits*
> *Manipulations et conspirations inspirées par la haine*
> *Entendez notre appel avant qu'il ne soit trop tard !*

Lorsqu'ils eurent joué la dernière note, les musiciens ne cachèrent pas leur étonnement. Mais le plus surpris, c'était Jippy Wade, qui était entré dans la cabine avec l'intention de parler à Maccrie. Debout derrière la console, il avait la bouche ouverte, mais aucun son n'en sortait. Jamais une seconde il n'avait pensé que le fils de Keith Roe possédait autant de talent.

– Tu es formidable ! s'écria Marlon en allant serrer l'adolescent dans ses bras. Mais où as-tu appris à chanter comme ça ? En criant après tes parents ?

– Je n'ai jamais fait ça !

– Si on essayait quelque chose de plus lent? suggéra Simon.

– Je ne sais pas… tenta de se dérober Kevin.

De l'autre côté de la baie vitrée, Jippy espéra que le groupe parviendrait à convaincre le jeune homme, car il désirait aussi l'entendre chanter une ballade. En réponse à ses prières, Simon fit signe à Dave de commencer la prochaine pièce sans attendre la réponse de Kevin. Les premières notes semblèrent plonger celui-ci dans une transe mystérieuse. Était-ce encore là une démonstration des pouvoirs du sorcier?

> *J'erre seul dans les rues ce soir*
> *Ma chouette dansant dans ma main*
> *Ses yeux sont ma seule lumière*
> *Ils m'emportent au pays des rêves*
> *Je me rappelle un passé très lointain*
> *Quand j'étais jeune et libre*
> *Ce soir je sais que je dois y aller*
> *Pour affronter enfin mon destin*

N'importe qui pouvait chanter ce couplet lent et hypnotique, même Marlon Stone. Ce que Jippy avait vraiment envie d'entendre, c'était le refrain que Maccrie avait écrit deux octaves plus élevés. La voix de Kevin éclata dans les haut-parleurs sans la moindre faiblesse.

> *Feu de glace, détruis mes rêves et emporte-moi!*
> *Que l'obscurité mette fin à mes jours, ô feu de glace!*

Jippy ne prêta attention ni au pont ni au solo de Rik Stanza. Il était hanté par la prestation de Kevin Roe. C'était donc lui que Simon avait choisi pour lui succéder… L'adolescent termina la chanson sur des notes plus douces, comme il l'avait commencée.

Je tombe… ma vie s'estompe…
Plus de joie, plus de tourments
Reviens à moi, ramène-moi…
Prends mon âme et libère-la

Il s'agissait d'un sujet plutôt dur pour un garçon de dix-huit ans, mais lorsqu'il rendait la chanson devant le micro, Kevin se transformait en un être sans âge, un dieu du métal.

– Il est magnifique, n'est-ce pas ? fit Simon en entrant dans la cabine.

Le sorcier referma la porte du studio pour permettre à son groupe de poursuivre la répétition avec son nouveau chanteur.

– On ne devient pas subitement aussi doué, protesta Jippy, qui ne faisait pas confiance à cet homme insondable.

– Tu as raison. Il est né avec ce talent, mais personne n'a été assez lucide pour s'en apercevoir.

– Sauf toi, évidemment.

– Je m'entraîne depuis longtemps à lire les âmes.

– Alors, maintenant que tu as trouvé ton remplaçant, tu vas t'évanouir dans la nature ?

– Certainement pas. Le petit a besoin d'un mentor.

– Il a un père.

– C'est Kevin qui chantera sur le prochain album d'Arial.

– Est-ce qu'il le sait ?

– Pas encore, mais c'est la prochaine étape naturelle de son évolution. Il le comprendra.

– Il n'est pas question que je le force à faire quoi que ce soit.

– Tu préférerais peut-être qu'il te supplie de prendre ma place ?

– Non plus.

– Donc, tu ne sais pas ce que tu veux.

Le commentaire allait évidemment au-delà de cette simple conversation. Il s'attaquait à tous les autres aspects de la vie de Jippy. Maccrie le salua de la tête et retourna dans le studio afin de guider son nouvel héritier.

La formation de Kevin dura plusieurs mois et, tout comme Jippy, ses parents ne cachèrent pas leur surprise devant son talent. Le jeune Roe apprit à chanter seul devant un micro avec des écouteurs sur les oreilles, malgré sa constante inquiétude de ne pas pouvoir rendre les nouvelles chansons avec la vigueur de Simon Maccrie. Ce dernier était constamment à ses côtés pour l'encourager et le corriger au besoin, mais Kevin se débrouillait très bien.

Un an plus tard, tandis que l'album apparaissait enfin sur les tablettes des magasins de disques, Kevin commença son apprentissage de la scène. Puisqu'il avait besoin de beaucoup d'espace pour laisser libre cours à son expression corporelle, Simon loua un aréna désaffecté et y fit construire une scène temporaire. Il en profita également pour y faire préparer les effets pyrotechniques qui saisiraient l'imagination des futurs admirateurs du nouveau chanteur.

Tout se déroula très bien, à la grande stupéfaction de Jippy, qui suivait de près l'évolution de la nouvelle incarnation d'Arial. Kevin semblait avoir trouvé sa voie, Simon se faisait de plus en plus discret et le promoteur avait presque terminé l'horaire de la tournée à venir.

Personne ne pouvait prédire ce qui allait se passer, sauf Maccrie, sans doute.

Jippy était au téléphone avec Derek Sands lorsque sa secrétaire entra, en larmes, dans son bureau. C'était pourtant le matin et il n'y avait encore personne dans les studios…

– Derek, je te rappelle dans quelques minutes. On semble faire face à une nouvelle crise, ici.

Le patron raccrocha, terriblement inquiet.

– Qu'est-ce que c'est, Amanda ?

– Keith… réussit-elle à articuler, incapable de maîtriser ses sanglots.

Jippy contourna le bureau et saisit la femme par les bras.

– Lui est-il arrivé quelque chose de grave ?

– Une crise cardiaque…

Le guitariste se trouvait à Atlanta. Jippy venait justement de le vérifier dans son agenda. À cette heure, Keith se trouvait soit dans sa chambre d'hôtel, soit sur la scène pour la balance de son.

– A-t-il été transporté à l'hôpital ?

Amanda éclata en sanglots amers.

– Il est mort ? osa demander Jippy en pâlissant.

– Suzi… au téléphone… hystérique…

Le musicien attira la réceptionniste dans ses bras et la serra en la laissant pleurer. La mort de Keith Roe représentait une terrible perte pour le monde de la musique, mais elle aurait des répercussions bien plus grandes sur sa famille.

– Réservez-moi deux places sur le prochain avion à destination d'Atlanta et ne dites rien à Kevin. Je vais me rendre à l'aréna pour lui annoncer moi-même la nouvelle.

Amanda hocha la tête en essuyant ses larmes de son mieux. Jippy la reconduisit à son poste, puis prit une profonde respiration. Il enfila sa veste de cuir et sauta dans la jeep. Pendant le trajet jusqu'à Los Angeles, il se rappela sa première rencontre avec le prodigieux guitariste de New York ainsi que l'amitié qui s'était développée entre eux. Des liens encore plus solides les avaient rapprochés lorsque la fille de Jippy avait épousé le fils de Keith. Ils étaient devenus membres de la même famille, en quelque sorte.

Au moment où il quittait l'autoroute pour se diriger vers un secteur commercial autrefois prisé, mais désormais abandonné, Jippy se souvint d'une conversation qu'il avait eue avec Keith alors que leurs deux familles dînaient ensemble le dimanche de l'action de grâce. Le New-Yorkais lui avait dit en riant que la plus belle mort d'un guitariste, c'était certainement sur une scène en train de faire ce qu'il aimait le plus. Keith voulait quitter cette vie au sommet de sa gloire plutôt que de sombrer dans l'oubli.

Jippy stationna la jeep à côté de la Corvette rouge du nouveau chanteur d'Arial. De quelle façon allait-il lui annoncer que son père venait de mourir? Il entra dans le gros immeuble dont la lourde musique d'Arial faisait trembler les murs. Tout en s'approchant de la scène, dressée au beau milieu du bâtiment, Jippy observa les mouvements gracieux du jeune homme qui allait bientôt avoir vingt ans. Il virevoltait, courait d'un musicien à l'autre, puis revenait au micro juste à temps pour chanter.

Les mains dans les poches de sa veste de cuir, Jippy attendit patiemment que le groupe termine la répétition. C'est à ce moment que Kevin, trempé par la sueur de la tête aux pieds, l'aperçut enfin.

– Ça te plaît? lâcha-t-il, avec un large sourire.

– C'est certain, mais je ne suis pas venu pour vous entendre jouer.

L'expression lugubre du grand patron mit aussitôt Kevin sur ses gardes. Souplement, il sauta de la scène et atterrit devant Jippy… comme une panthère…

– Est-il arrivé quelque chose de grave? s'étrangla le jeune homme.

– Tu ne sais pas à quel point je suis désolé de t'apprendre ça, ce matin, Kevin.

– Qui est mort?

– Ton père…

Kevin poussa un cri de désespoir si puissant qu'il glaça le sang de tous ceux qui se trouvaient dans l'aréna. Marlon fut le premier à réagir. Il dévala les marches et emprisonna le jeune homme dans ses bras. Kevin ne se débattit pas. Au contraire, il perdit connaissance. Jippy aida le batteur à déposer le chanteur sur une pile de matelas de gymnastique que les techniciens venaient tout juste d'apporter.

– Appelez une ambulance! ordonna le patron de Texson.

– Qu'est-ce que tu lui as dit? s'étonna Marlon en caressant les cheveux trempés de Kevin.

– Keith Roe est mort ce matin, à Atlanta.

– De façon naturelle?

– Il a fait une crise cardiaque. Pourquoi serait-il mort autrement?

– Il y a bien des manières de mourir…

Eddy Thompson se hâta auprès d'eux, tenant à la main un des premiers téléphones portatifs à être commercialisés aux États-Unis.

– Les paramédics seront ici dans quelques minutes, annonça-t-il.

Le directeur de tournée se pencha sur Kevin pour l'examiner lui-même.

– Il est tombé dans les pommes, constata-t-il, et pourtant, nous prenons bien soin de ne pas l'épuiser.

Jippy lui expliqua la raison de l'évanouissement. Tout le monde connaissait la relation étroite qu'entretenait Keith avec ses enfants. Aucune famille n'était plus unie que la sienne.

– Il n'avait même pas cinquante ans, soupira Eddy, bouleversé.

Les ambulanciers emmenèrent Kevin à l'hôpital le plus proche. Jippy les suivit dans sa jeep. Tout comme pour Souï, il remplit les papiers d'admission du jeune homme, mais cette fois, la visite ne se solderait pas par un décès. Le médecin de l'urgence en vint à la même conclusion que lui : le choc de la nouvelle de la mort de son père avait plongé le jeune musicien dans un coma protecteur. Par précaution, il fit conduire Kevin dans une chambre avec l'intention de ne le laisser partir que lorsqu'il aurait complètement repris ses sens.

Jippy passa tout l'avant-midi avec lui et prit soin d'appeler Amanda pour lui dire où il se trouvait. Justement, elle le cherchait pour lui apprendre qu'elle lui avait réservé deux sièges sur le vol de quinze heures. Jippy téléphona donc à Hayden pour lui raconter ce qui s'était passé. Puisqu'il habitait non loin, le fils aîné de Keith fila vers l'hôpital. Jippy lui serra la main en lui offrant ses condoléances. Hayden essayait de se montrer brave, mais ses yeux rougis montraient qu'il avait pleuré.

– Nous savions que le cœur de mon père finirait par lâcher, expliqua Hayden d'une voix rauque, mais ça nous a tous donné un grand choc. Lorsqu'il était enfant, les médecins l'avaient averti qu'il ne passerait pas trente ans. Il en a fait vingt de plus.

– Keith était cardiaque?

– Il n'est pas né avec un cœur normal.

Hayden caressa le visage de son petit frère avec beaucoup d'affection.

– C'est Kevin qui souffrira le plus de son absence… Il est encore si jeune.

– Nous prendrons doublement soin de lui, assura Jippy. Je pars rejoindre ta mère à Atlanta. Veux-tu m'accompagner?

– Non. Je dois aussi m'occuper d'Ian et de Katia, qui ne savent rien encore. Il est préférable que je reste ici. Gardons plutôt contact par téléphone.

Jippy tapota affectueusement le dos d'Hayden, admirant en silence sa bravoure dans cette épreuve qui allait déchirer sa famille. Il se rendit ensuite à l'aéroport et attrapa son vol juste à temps. Une fois à Atlanta, il sauta dans un taxi et se fit conduire à l'hôtel où les Roe étaient descendus la veille. Il y apprit par les musiciens que Suzi avait refusé de quitter le corps de Keith et qu'elle était sans doute en train d'ameuter tout le personnel médical, malgré les efforts de Jimmy Thompson qui était resté avec elle.

Rassemblant son courage, Jippy se fit conduire à l'hôpital et se mit à la recherche de la musicienne. Elle ne fut pas difficile à localiser, car on pouvait entendre ses sanglots depuis l'accueil. Jippy emprunta le corridor qui menait à la morgue et trouva effectivement Suzi debout devant Jimmy, qui la retenait par les poignets pour l'empêcher d'aller sortir son mari du tiroir réfrigéré où on avait déposé son corps.

– Suzi, je t'en prie, calme-toi, fit Jippy en approchant.

Elle se défit de l'emprise de Jimmy et se jeta en pleurant dans les bras du patron de Tex-son. Jippy l'emmena plus loin, dans un petit salon privé qui donnait sur un jardin fleuri, et la fit asseoir sur la causeuse.

– C'est arrivé si vite, hoqueta-t-elle. Il n'a même pas senti venir la crise.

– Hayden m'a dit qu'il était malade depuis longtemps.

– Il n'était pas malade… Il avait seulement un cœur qui ne fonctionnait pas aussi bien que les nôtres. C'est pour ça que je l'accompagnais partout. Je ne voulais pas qu'il abuse de ses forces.

– Mais il a vieilli, comme nous.

– Je savais depuis notre premier jour ensemble qu'il mourrait avant moi, mais j'essayais de ne pas y penser, pour ne pas effrayer les garçons.

– Ils étaient très attachés à lui.

– Surtout Kevin…

Un fleuve de larmes continuait de couler sur les joues de Suzi et Jippy ne savait pas quoi faire pour la réconforter.

– Habituellement, les bébés restent collés sur leur mère, mais pas Kevin. Tout petit, il ne souriait qu'à Keith et il voulait toujours être dans ses bras. Il existait entre eux une affection que je ne comprenais pas. L'a-t-on mis au courant ?

– Je le lui ai annoncé.

– Comment va-t-il ? Quelqu'un est-il auprès de lui ?

Jippy lui raconta qu'il avait dû le faire hospitaliser, car il avait perdu connaissance.

– Je ne serais pas surprise qu'il nous quitte lui aussi, murmura Suzi, en état de détresse. Ils sont si étroitement reliés, tous les deux.

– Kevin est dans le coma. Il n'est pas en danger de mort. Hayden est avec lui.

– Lorsqu'il a appris que son père avait un cœur déficient, Hayden s'est préparé à devenir le chef de la famille…

Suzi recommença à pleurer, alors il se contenta de la serrer contre lui en attendant qu'elle se calme. Jimmy patientait, quelques mètres plus loin. Jippy lui fit signe de partir. Le directeur de la tournée comprit qu'il était temps de rassembler tout son personnel et de retourner à Tex-son.

– Je veux que tu ramènes le corps de Keith avec moi en Californie, murmura Suzi, blottie contre Jippy.

– Mais vous êtes de New York…

– Ma famille est en Sicile et Keith est orphelin.

– Orphelin ? Je l'ignorais…

– Il a grandi dans un orphelinat, expliqua Suzi en se décollant de Jippy.

Elle essuya ses larmes et s'adossa dans la causeuse.

– Sa mère s'est débarrassée de lui quand elle a appris qu'il était anormal et il n'a probablement jamais été adopté pour les mêmes raisons. Il était chétif et peu sociable, alors la guitare est devenue sa seule amie jusqu'à ce qu'il soit assez vieux pour quitter cet établissement. Il a commencé à jouer dans des clubs pour gagner sa vie. C'est ainsi que je l'ai rencontré.

– Un coup de foudre ?

– En nous regardant dans les yeux, nous avons tout de suite eu l'impression que nous nous connaissions depuis des millions d'années. Nous avons formé un duo et nous avons travaillé ensemble jusqu'à ce que je tombe enceinte d'Hayden. Il a monté un à un les échelons du succès pendant que je prenais soin de notre premier bébé. Ian a suivi un an plus tard, alors j'ai attendu que les garçons soient à l'école pour reprendre ma place auprès de Keith. Nous avions les moyens de nous payer une nounou, alors j'ai pu faire quelques tournées avec lui. Puis, quelques années plus tard, je me suis aperçue que j'étais une fois de plus enceinte, malgré toutes nos précautions. Nous n'étions pas certains de vouloir un troisième enfant, surtout que les plus vieux étaient maintenant autonomes, mais quand Keith a vu le visage de Kevin, quelques secondes après sa naissance, il est tombé follement amoureux du bébé.

Jippy laissa parler Suzi sans l'interrompre, car il savait que cela lui faisait le plus grand bien. Il avait fait la même chose avec Derek lors du décès de Souï.

– J'ai emmené Kevin à tous les concerts de son père, avant notre déménagement en Californie. Keith était inquiet que notre benjamin soit désavantagé par rapport aux autres s'il ne se mettait pas à étudier sérieusement, alors je suis restée à la maison jusqu'à ce qu'il termine ses études secondaires.

– Tu ne le regrettes pas, au moins ?

– Oui et non… J'aurais aimé passé plus de temps avec mon mari, mais cet isolement m'a permis de tisser enfin des liens avec mon fils, ce qui était impossible quand Keith était là.

– Recommenceras-tu à chanter pour vivre ?

– Non seulement nous avons mis l'argent de la vente des albums de Keith de côté pour les mauvais jours, mais mon père, qui est riche à millions, n'a cessé de déposer de l'argent dans les comptes en banque des garçons depuis leur naissance afin qu'ils puissent faire les études de leur choix ou faire leurs premiers pas dans la vie.

Ce qui avait permis à Hayden d'acheter une très belle maison à Malibu, où Tasha et Katia étaient parfaitement heureuses.

– Donc, tu ne retourneras pas vivre sur la côte est?

– Si je quitte la Californie, ce sera pour aller vivre en Sicile. Mais je ne partirai que lorsque je serai certaine que Kevin peut se débrouiller seul, ce qui n'est pas le cas, en ce moment.

– Il s'apprêtait à partir en tournée.

– Je sais… Keith était tellement excité à l'idée que son plus jeune allait marcher lui aussi dans ses pas, même si Kevin a des aptitudes intellectuelles et scientifiques qui lui auraient permis de travailler à la NASA. Nous voulions surtout qu'il choisisse une carrière qui le rendrait heureux, même si j'aurais préféré que ce soit loin de Simon Maccrie.

– C'est un homme inquiétant, mais je ne crois pas qu'il fasse de mal à Kevin. En fait, il l'entraîne afin qu'il prenne définitivement sa place au sein d'Arial et je dois dire, même si je n'aime pas personnellement Maccrie, qu'il fait du bon travail.

Jippy continua de discuter ainsi avec Suzi. Lorsqu'elle fut calmée, il rencontra avec elle le personnel de l'hôpital afin d'organiser le voyage du corps de Keith jusqu'à Los Angeles. Il ramena ensuite la musicienne à l'hôtel, où il n'y avait plus aucun membre de la tournée. Ils étaient déjà en direction de Kennenika. Pendant que Suzi prenait une douche, Jippy contacta l'entreprise de pompes funèbres qui s'était jadis chargée d'organiser les funérailles de Souï. Fort de sa première expérience, il recommanda le choix de la plus grosse église de Los Angeles et l'utilisation d'écrans géants, au cas où.

De retour à Kennenika, Suzi retarda les funérailles de Keith pour donner l'occasion à Kevin d'y assister, mais le benjamin était toujours plongé dans un étrange coma. Après avoir consulté ses fils aînés, elle décida de procéder à la cérémonie en l'absence du plus jeune. On avait l'impression que tout le pays s'était massé autour de l'église. À l'intérieur, on avait admis la famille, les proches et les personnalités du monde du rock qui avaient connu Keith Roe. Pour que Kevin puisse faire son deuil plus tard, Suzi fit filmer les funérailles, ainsi que la procession, les éloges faits par ses enfants, puis la mise en terre.

Les ventes des albums du grand guitariste connurent alors une remontée en flèche et Jippy dut en faire graver de nouvelles quantités. Mais la famille n'avait pas le cœur à s'en réjouir… Kevin était toujours inconscient à l'hôpital, des mois après l'enterrement de son père. Son corps, qu'il avait si minutieusement gardé en forme, se détériorait à vue d'œil. Alors, afin de venir en aide aux Roe, Jippy se résolut à faire une démarche qui ne lui plaisait pas du tout.

Il frappa à la maison qu'occupaient toujours Simon Maccrie et les membres d'Arial. Il n'y avait aucun bruit à l'intérieur, mais le patron de Tex-son tenta tout de même sa chance. Il allait rebrousser chemin lorsque la porte s'ouvrit. Vêtu de denim des pieds à la tête, Simon se trouvait devant lui.

– J'ai pensé qu'il n'y avait personne, balbutia Jippy.

– Ils sont partis se reposer dans leur famille.

– Pas toi ?

– Je n'ai aucune parenté.

– Vraiment ?

– Si tu tiens à le savoir, je suis orphelin.

«Comme Keith…», songea Jippy.

– Pas de père ou de mère adoptifs ?

– Des foyers d'accueil qui ne m'ont pas gardé longtemps.

Jippy n'eut pas besoin de lui demander pourquoi.

– Que puis-je faire pour le grand manitou de Texson ?

– Qu'est-il arrivé à Kevin le jour où il a appris la mort de Keith ?

– Me tiens-tu responsable de sa perte de conscience ?

– Je veux juste comprendre pourquoi il ne se réveille pas.

– Et tu penses que je le sais ?

– Ce n'est un secret pour personne que tu appréhendes les choses d'une façon différente.

– Tiens donc. Es-tu en train de me dire que tu as changé d'avis au sujet du monde invisible ?

– Je n'en suis pas encore là. Quelque chose m'échappe dans la condition de ce pauvre enfant et j'essaie d'y voir clair.

– L'âme de Kevin s'est réfugiée au fond de sa conscience, car elle ne pouvait pas accepter ce qui venait de lui arriver.

– Combien de temps y restera-t-elle ?

– Il est impossible de le savoir.

Jippy rassembla son courage, pour le bien du fils de Keith.

– As-tu le pouvoir de la sortir de là avant que son corps ne devienne une épave ?

– Je n'ai pas l'habitude de me mêler des affaires des autres, mais je verrai ce que je peux faire, si les forces cosmiques me le permettent. Est-ce tout ce que tu désires ?

– Je ne veux que mettre fin aux souffrances de cette famille.

Jippy recula, puis tourna les talons. Il ne put que remarquer qu'il ne restait plus aucune voiture autour de la maison de Simon.

– Je n'en ai pas besoin, fit le sorcier, et je ne me promène pas non plus sur un balai.

Il referma la porte, laissant Jippy dans l'étonnement le plus complet. Comment se rendrait-il auprès de Kevin sans moyen de transport ? Pour la première fois depuis qu'il connaissait Maccrie, il eut envie de vérifier ses méthodes. Il se posta donc au bout de la rue, dans sa voiture, pour surveiller sa maison, et appela Hayden sur son gros téléphone portatif.

– Quelqu'un ira-t-il visiter Kevin, ce soir ?

– Oui, moi. Je m'apprêtais justement à partir.

– Fais-moi savoir s'il y a des progrès, d'accord ?

– Oui, bien sûr.

Jippy se croisa les bras et commença son guet, tandis que le soleil se couchait. Les lampes s'allumèrent une à une dans la maison de Maccrie. Il y était donc toujours.

– L'esprit l'emporte toujours sur la matière, fit une voix en provenance du coffre.

Le guitariste sursauta et pivota sur son siège. Il n'y avait personne autour de lui !

Pendant que Jippy surveillait les agissements du chanteur, ce dernier s'était rendu auprès de son successeur, comme lui seul savait le faire. Debout près du lit de Kevin, il observa son visage serein un long moment avant de s'adresser à lui.

– Il ne sert à rien de fuir, jeune panthère. Ce que nous redoutons le plus finit toujours par nous rattraper. Les forts affrontent leurs problèmes de la même façon qu'ils règlent le cas de leurs ennemis. Ne m'écoutes-tu pas quand je te parle ?

Pour la première fois depuis qu'on l'avait couché dans ce lit, Kevin remua entre ses draps.

– Théoriquement, je n'ai pas le droit d'influencer ta décision, mais rien ne m'empêche de te dire ma façon de penser. Ton père a été un grand homme. Jamais il n'a fui devant ses ennuis. Il a vécu sa vie jusqu'à la moelle, parce qu'il savait que le temps lui était compté. Il en a savouré chaque instant et il est parti en sachant qu'il ne pouvait pas en faire plus. Mais toi, quel sera le bilan de ton existence lorsque tu devras quitter le plan terrestre ?

Kevin balança doucement la tête de gauche à droite en gémissant.

– Que verras-tu sur le plateau de tes accomplissements ? Et que trouveras-tu sur celui de tes échecs ? Qu'auras-tu à raconter à ton Créateur lorsque tu seras devant lui ? Vénérable maître de lumière, j'ai laissé tomber tous ceux qui avaient confiance en moi ? Je n'ai pas cru utile de soutenir ma mère au moment où elle avait le plus besoin de moi ? Je les ai laissés enterrer mon père sans lui dire adieu ? Je me suis caché en tremblant au plus profond de moi-même par peur de m'exposer à la douleur de perdre l'être que j'aimais le plus au monde?

– Non! hurla Kevin en se redressant d'un seul coup dans son lit.

Hayden, qui venait d'arriver de l'autre côté de la porte, entendit son cri. Il se précipita à l'intérieur. En s'asseyant, Kevin avait arraché tous les fils qui le reliaient à une multitude d'appareils de surveillance. Son geste avait évidemment alerté les infirmières du poste du garde, qui accoururent à leur tour. Soulagé de voir les yeux ouverts du benjamin, même s'ils étaient profondément cernés, Hayden lança ses bras autour de son torse et le serra contre sa poitrine.

– Nous avons eu si peur que tu ne sortes jamais du coma… chuchota le grand frère en pleurant de joie.

– Où suis-je?

– À l'hôpital. Comment voulais-tu qu'on te garde en vie autrement?

Kevin tentait désespérément de se rappeler ce qui lui était arrivé.

– J'ai entendu une voix…

– Ce n'était certainement pas la mienne. Je viens juste d'arriver.

Hayden, qui avait peur de tout ce qui était surnaturel, espéra que ce n'était pas celle de Keith qui lui avait parlé d'outre-tombe.

– Te souviens-tu de ce qu'elle te disait?

– C'étaient des reproches…

Alors, ce ne pouvait pas être leur père, qui adorait cet enfant et qui avait toujours plié devant tous ses caprices…

– Je ne suis pas un lâche…

– Ça, c'est certain, le rassura Hayden. Tu es le plus combatif d'entre nous.

S'il n'arrivait pas à ramener à sa mémoire les remontrances de Simon, les dernières images enregistrées par son cerveau jaillirent dans son esprit : la scène de l'aréna, l'arrivée de Jippy Wade…

– Papa…

Hayden le serra encore plus fort.

– Son cœur a lâché, Kev… Les médecins ont dit qu'il avait été chanceux de vivre aussi vieux.

– Je veux le voir…

– Nous l'avons enterré il y a plusieurs semaines déjà, mais maman a fait filmer toute la cérémonie, juste pour toi. Elle pense que ça va t'aider à passer à travers cette épreuve et à poursuivre bravement ta vie.

– Je veux rentrer chez nous…

– Il m'est impossible d'exaucer ton souhait, même si je le voulais, petit frère. Seul un docteur peut t'accorder ton congé.

Le regard que Hayden dirigea vers l'infirmière lui fit comprendre que c'était le moment opportun d'aller chercher le médecin.

– Je ne pourrai pas vivre sans lui…

– C'est ce que nous nous disons tous, mais nous y arriverons si nous nous épaulons. Moi, j'ai besoin de toi, Kev. Tu dois reprendre ton aplomb et m'aider à soutenir la famille.

– Je n'ai même pas vingt ans…

– Tu les auras dans deux jours.

– Je ne veux pas qu'on me fête.

– Tu dis ça tous les ans et ça ne nous a jamais empêchés de te donner des présents.

– Cette fois, je suis sérieux. Je ne veux plus jamais célébrer mon anniversaire sans papa.

– Tu veux avoir dix-neuf ans toute ta vie ? le taquina Hayden.

– Mon âge changera, mais vous ne devrez plus jamais le souligner.

– Tu es au moins redevenu toi-même.

Le médecin ne cacha pas son soulagement de voir son patient enfin conscient. Toutefois, avant de le laisser partir, il entendait le soumettre à une batterie de tests et quelques séances de physiothérapie pour qu'il ne s'écrase pas sur le plancher en tentant de faire ses premiers pas.

– Il faut aussi mettre un peu de chair sur tes os, plaisanta-t-il.

Le jeune homme avait en effet perdu du poids, lui qui n'était déjà pas plus gros qu'un moineau. Afin d'accélérer sa délivrance, Kevin se soumit à toutes les exigences de l'équipe qui le traitait. Ses frères lui rendirent visite, mais pas sa mère. Lorsqu'il demanda pourquoi, ni Hayden ni Ian n'eurent de réponse à lui offrir.

Un soir où personne ne se présenta, il se tourna sur le côté et regarda la pluie qui martelait la fenêtre de sa chambre d'hôpital. Il ne pleuvait pas souvent en Californie…

– Simon, murmura Kevin, qui sentait la tristesse l'envahir.

– Je suis là.

Le jeune homme roula pour faire face à l'autre côté du lit et l'aperçut.

– Je ne t'ai pas apporté de fleurs, parce que je trouve ça pathétique.

– Tu sais toujours ce qui va se passer. Est-ce que tu avais pressenti la mort de mon père ?

Maccrie hocha doucement la tête en regardant son protégé droit dans les yeux.

– Dis-moi ce qui lui arrive, maintenant ?

– Il est redevenu un être de lumière.

– Un quoi ?

– Il ressemble à une petite flamme de briquet, mais il n'est pas attaché à quoi que ce soit. Il se promène librement où il le désire. Il est juste à côté de moi et il est content que tu te sois réveillé.

– Est-ce que tu peux l'entendre ?

– Oui, quand je suis en état profond de méditation.

– Mais en ce moment, est-ce que tu peux l'entendre ?

– Pour tout te dire, nous avons beaucoup bavardé lui et moi ces derniers jours. Il regrette d'être parti si subitement. Il aurait préféré mourir chez lui, entouré de sa famille.

– Est-il malheureux ?

– Non, car il sait que vous serez bientôt tous réunis. En attendant, il va veiller sur ta mère, tes frères et toi.

– Tu dois m'apprendre à communiquer avec lui.

– Chaque chose en son temps, jeune panthère. Ce qui presse, maintenant, c'est que tu recouvres la santé.

Kevin entendit la porte couiner et chercha à voir qui arrivait.

– Salut, petit, fit Jippy avec un sourire rassurant. Je peux entrer ?

– Bien sûr.

Le jeune homme se tourna vers Simon, mais il n'était plus là.

– Où est-il allé ? s'étonna Kevin.

– Qui ça ?

– Simon ! Il était près de moi il y a à peine une seconde !

Il n'y avait aucun meuble derrière lequel le sorcier aurait pu se cacher. Jippy avança dans la pièce en cherchant partout. Il déposa le sac qu'il transportait et se pencha même pour regarder sous le lit.

– Peut-être que tu as rêvé, parce que je n'ai vu personne sortir de ta chambre, Kevin.

– Il est venu me parler de mon père…

– De façon encourageante, j'espère ?

– Il m'a dit qu'il était ici, en ce moment même, et qu'il allait veiller sur moi.

– Alors tu vois bien que c'était un songe, parce que cet oiseau de malheur ne tient jamais de propos aussi positifs.

– Il voit et il entend des choses qui échappent aux gens normaux.

Jippy jugea plus prudent de ne pas s'aventurer sur ce terrain.

– Moi, je viens de parler avec ton médecin, et il m'a dit que je pouvais te ramener à la maison.

– Maintenant ?

– Oui, mon cher. Je t'ai apporté des vêtements.

Kevin déposa les pieds sur le sol. Les exercices auxquels on l'avait soumis portaient fruit, car il se sentait plus solide que jamais. Jippy l'aida à se débarrasser de sa jaquette d'hôpital et à enfiler ses vêtements.

– Pourquoi ce n'est pas ma mère qui vient me chercher ? s'enquit le jeune homme.

– Elle n'est pas sortie de la maison depuis les funérailles.

– Est-ce qu'elle est malade ? Elle ne m'a pas appelé une seule fois depuis que je suis sorti du coma.

– Suzi a partagé la vie de ton père pendant presque trente ans. Ils se sont aimés comme peu de couples s'aiment durant leur existence. Il est très difficile pour elle d'accepter qu'il ne sera plus jamais là.

– Que verra-t-elle sur le plateau de ses accomplissements ? murmura Kevin en répétant les paroles de Simon. Que trouvera-t-elle sur celui de ses échecs ?

– Il est temps que je te sorte d'ici, toi.

Jippy ramena Kevin à Kennenika. Il pouvait sentir le chagrin du jeune Roe, qui n'avait plus dit un seul mot en quittant l'hôpital. Il lui prit gentiment le bras et l'aida à marcher jusqu'à la belle porte de bois sculpté qui avait fait la fierté de son père. Elle n'était pas verrouillée.

– Maman ? appela Kevin.

Il tendit l'oreille. La maison était étrangement silencieuse. Pour lui donner un coup de main, Jippy jeta un œil dans la cuisine et la salle à manger, puis dans le salon. Suzi était assise dans une bergère, un verre d'alcool à la main.

– Laissez-moi… parvint-elle à articuler.

– Je ramène Kevin à la maison, lui apprit Jippy.

– Tu peux partir, assura le jeune homme en s'arrêtant près du guitariste.

– En es-tu certain ?

– Ce n'est pas la première fois… soupira tristement Kevin. Quand elle est dépassée par les événements, ma mère a tendance à abuser de l'alcool.

– Si tu as besoin de moi, tu n'as qu'à m'appeler.

– Merci, Jippy.

Même s'il aurait aimé rester pour raisonner Suzi, car il avait eu lui-même des problèmes d'abus d'alcool durant sa jeunesse, le patron de Tex-son accéda à la demande de Kevin. Celui-ci attendit que la porte d'entrée se soit refermée avant de s'agenouiller devant sa mère.

– Ne me fais pas la morale, l'avertit Suzi.

– Je veux seulement te dire que je vais m'occuper de toi.

– Tu n'es même pas capable de t'occuper de toi-même, Kevin.

– Ça m'aidera à mûrir, alors.

Elle prit une autre gorgée d'alcool.

– À quand remonte ton dernier repas ? s'inquiéta le fils.

– Laisse-moi tranquille.

– Je vais te préparer quelque chose.

– Je n'ai pas faim.

– Es-tu en train de te suicider ?

Elle détourna la tête.

– Je suis sûr que papa n'est pas content de te voir dans cet état.

– Je t'ai dit de ne pas me faire la morale !

– Si tu ne veux pas te sauver toi-même, il faudra bien que je t'y oblige.

– Je voudrais bien voir ça…

Kevin n'avait plus le choix : il devait appeler ses frères à la rescousse. Hayden l'écouta en silence. Étant l'aîné, il avait vécu plus de problèmes familiaux que le benjamin et il avait bien retenu la façon dont leur père les avait réglés. Il demanda à Kevin de ne pas contrarier Suzi, qui pouvait devenir violente lorsqu'elle était intoxiquée, et lui promit de venir parler avec elle au cours de la soirée.

Jippy se joignit à Hayden dans ses efforts de persuasion, mais Suzi était beaucoup plus coriace qu'ils l'avaient d'abord pensé. Elle n'était tout simplement pas capable d'envisager sa vie sans Keith. Dans son esprit, plus rien n'existait à part son chagrin et, bientôt, elle cessa de s'occuper de Kevin. Tous les arguments des deux hommes ricochèrent sur le bouclier de son entêtement. Hayden prit donc la décision d'acheter un terrain entre celui de ses parents et celui de Jippy afin de pouvoir agir plus rapidement en cas d'urgence, car il habitait à plus de deux heures de Kennenika.

Une fois la maison construite et sa petite famille installée dans le coin, pour le plus grand bonheur de grand-papa Jippy, celui-ci demanda à Hayden de travailler pour Tex-son. Il avait reçu des centaines de cassettes de groupes tant américains que canadiens et il n'arrivait plus à tout faire lui-même. Puisque Nico était quelque part en Allemagne et qu'il n'avait plus de nouvelles de lui, Hayden accepta l'offre de Jippy en attendant que son partenaire se décide à rentrer. Les nombreux albums de Wade & Roe roulaient très bien de toute façon, alors il pouvait se permettre d'attendre quelques années avant d'en enregistrer un nouveau. Hayden était loin de se douter que la vie lui réservait d'autres surprises.

Parfaitement remis de sa faiblesse, Kevin recommença à répéter avec Arial dans l'aréna que Simon n'avait pas fait démonter, et quelques mois plus tard, il partit en tournée dans tout le pays. Pour Jippy, il n'était pas question de lui faire traverser l'océan avant d'être sûr qu'il avait acquis suffisamment de résistance.

Pendant que Jippy s'occupait de la comptabilité et de la paperasse en général, enfermé dans l'un des studios, Hayden écoutait systématiquement chacune des démos que Tex-son avait reçues, notant les faiblesses et les forces de chaque groupe et de chaque artiste. Tous les soirs, il remettait à Amanda une boîte de ceux qu'il déclinait afin qu'elle leur envoie une gentille lettre de refus. Il séparait le reste entre « très bon », « bon » et « acceptable » et les réécoutait à la fin de la semaine pour prendre une décision finale.

C'est ainsi qu'au bout d'un mois, il déposa sur le bureau de Jippy ce qu'il considérait être trois perles : une jeune femme qui chantait du rock à San Francisco, un groupe de métal de Santa Monica et un studio de télévision qui désirait enregistrer les chansons du futur animateur d'une émission qui traiterait de chansons pop.

– De la quantité que nous avons reçue, c'est tout ce qui a retenu ton attention ? s'étonna Jippy.

– J'ai pensé que Tex-son ne voulait pas enregistrer n'importe quoi. Je n'ai donc gardé que ce qui est différent des succès actuels, répondit Hayden en s'asseyant devant son patron et beau-père.

– Même la demande du studio de télévision ?

– C'est un nouveau concept que je trouve intéressant. D'ailleurs, les producteurs paieront les droits des pièces que leur chanteur enregistrera et interprétera à sa façon. J'ai vérifié.

– On dirait bien que tu as hérité de la fibre administrative de ta famille.

– Ian me vaut bien. Seulement, c'est un petit bernard-l'ermite qui sort rarement de sa coquille. Je suis le seul extraverti du lot.

– J'approuve.

– Comment veux-tu procéder ?

– Je m'occupe de la fille et tu contactes les deux autres.

– Entendu.

Pendant que Hayden fixait des rendez-vous avec le groupe Ridge et le producteur Kerry Grant, Jippy prit l'avion jusqu'à San Francisco sans annoncer son arrivée. Il descendit dans un hôtel qui offrait une magnifique vue sur la baie et, le soir venu, il se rendit au club où chantait Jillian Sarzo. Il s'installa à une table à partir de laquelle il pourrait bien la voir et commanda une bière. À son avis, il était grand temps que Tex-son se mette à enregistrer des artistes féminins, pas parce qu'il avait cédé devant les mouvements féministes, mais parce qu'il était d'avis que les femmes devaient occuper une plus grande place dans tous les domaines de la société.

Jippy avait écouté plusieurs fois la démo de Jillian. Sa voix cristalline pouvait être aussi enjôleuse que mordante. Elle rendait les ballades avec beaucoup d'émotivité et les chansons plus rock avec assurance. Lorsque les musiciens s'installèrent enfin sur la petite scène, Jippy s'étonna de constater que la dame en question n'était pas une jeune débutante, mais une femme dans la quarantaine. Pendant une soixantaine de minutes, elle s'accompagna au piano et à la guitare, chantant ses propres compositions. À la fin de sa prestation, Jippy demanda au serveur d'aller lui porter une bière de sa part. Jillian ne mit pas longtemps à rejoindre l'étranger à sa table, mais au lieu de boire en sa compagnie, elle déposa la bouteille intacte devant lui.

– C'est très gentil de votre part, mais je ne bois pas d'alcool.

Elle avait des yeux d'un bleu que Jippy n'avait jamais vu auparavant. Ses cheveux blond vénitien étaient bouclés et dépassaient à peine ses épaules.

– Un soda, alors ? offrit-il.

– Ce n'est pas de refus.

Elle prit place devant le guitariste sans exprimer la moindre méfiance.

– Je m'appelle Jippy Wade, se présenta-t-il en lui tendant la main.

– De TGW ?

– Pendant une grande partie de ma vie, oui, mais je suis maintenant propriétaire des studios d'enregistrement Tex-son.

– Je suis enchantée de faire votre connaissance, monsieur Wade.

Jippy ressentit alors une émotion qu'il croyait anéantie pour toujours. Cette femme lui plaisait beaucoup.

– Êtes-vous à San Francisco pour affaires ?

– Non. Je suis ici dans le seul but de vous entendre chanter en personne.

– Je ne comprends pas…

– Vous avez pourtant envoyé votre démo à Tex-son.

– Moi ?

Elle paraissait réellement surprise.

– Alors quelqu'un d'autre l'a fait et je l'en remercie, ajouta Jippy.

– C'est sûrement Jeff…

– Votre mari ?

– Non, mon fils aîné. Je suis veuve. Jeff pense que je vais devenir une grande vedette, même si je lui ai répété mille fois que je ne joue dans les clubs que pour mettre de la nourriture sur notre table. C'est très flatteur de sa part, mais très peu réaliste, à mon âge !

– Vous avez d'autres enfants ?

– J'ai deux garçons et une fille : Jeff, Joey et Rachel. Ils ont quinze, quatorze et treize ans.

– C'est la même chose pour moi, mais ils sont plus vieux que les vôtres. Vous les élevez seule depuis longtemps ?

– Depuis deux ans. Il est important pour moi qu'ils fréquentent l'école et qu'ils obtiennent leurs diplômes, même s'ils aimeraient m'aider. Je donne des cours de piano et je chante dans les clubs pour payer le loyer, la nourriture, les vêtements et les frais scolaires. Jeff ne me demande absolument rien. Il gagne son argent de poche en travaillant pour l'épicier du coin la fin de semaine. Joey est trop jeune. On lui claque la porte au nez.

– Si je comprends bien, un contrat d'enregistrement et de bonnes ventes d'albums vous permettraient de souffler un peu.

– D'une certaine façon, mais il me faudrait trouver une personne fiable pour s'occuper de mes enfants si je devais partir en tournée.

– Si nous prenions une chose à la fois ?

Jippy resta pour la deuxième prestation de Jillian, puis l'emmena dans le seul restaurant qui était encore ouvert à deux heures du matin.

– Qui garde les enfants quand vous rentrez chez vous à une heure pareille?

– C'est Jeff. Il a quinze ans physiquement, mais il est bien plus vieux que ça dans sa tête. Et vous, qui se charge de vos affaires quand vous vous déplacez? Votre épouse?

– Je suis divorcé et je vis seul. Je ne possède même pas de poisson rouge. Une dame vient faire le ménage une fois par mois, pour enlever la poussière. Je passe le plus clair de mon temps à Tex-son, où c'est plus animé.

– Repartirez-vous ce soir?

– C'était d'abord mon intention, mais puisque je n'ai jamais visité San Francisco, je crois que je vais m'attarder un peu.

– Je pourrais vous faire visiter les coins intéressants.

– Ce serait fort apprécié. Vous êtes originaire de la baie?

– Je suis née ici, d'une mère suédoise et d'un père norvégien. Sarzo était le nom de mon mari, un Portoricain qui possédait un restaurant non loin de chez moi. Êtes-vous né à Los Angeles?

– Non. J'ai vu le jour à Corpus Christi, au Texas, mais j'ai passé presque toute ma vie en Californie.

Ils bavardèrent jusqu'à quatre heures du matin, puis Jippy reconduisit Jillian chez elle en taxi. Ils se donnèrent rendez-vous pour le lendemain vers midi et se séparèrent. Jippy ne dormit que quelques heures et rêva aux étranges yeux bleus de cette femme magnifique. Mais ce n'était pas sa beauté qui l'attirait. Il ressentait en elle une énergie irrésistible, un besoin de la protéger.

Lorsqu'il retourna le lendemain à la petite maison rouge vin coincée au milieu d'une vingtaine d'autres maisons semblables, mais de couleur différente, où habitait Jillian, Jippy crut qu'il pourrait rencontrer ses enfants, mais ils étaient déjà partis pour l'école.

– C'est à mon tour de vous inviter à manger, alors vous ferez leur connaissance ce soir.

Puisqu'ils ne disposaient que d'un après-midi pour faire le tour de la ville, Jillian choisit de lui montrer le Golden Gate Bridge, Union Square, China Town et finalement Fisherman's Wharf. Jippy passa de longues minutes à admirer, au milieu de la fontaine, la statue de la maman sirène qui cajolait son bébé. Il fit un saut à la manufacture de chocolat Ghirardelli et acheta des sucreries pour les enfants.

Lorsqu'ils revinrent enfin chez les Sarzo, les enfants étaient arrivés. Studieuse, la plus jeune était enfermée dans sa chambre pour faire ses devoirs. Le cadet jouait du piano dans la sienne et l'aîné préparait le souper. Celui-ci fut le premier que Jippy rencontra. Jeff Sarzo était un adolescent vibrant d'énergie qui ne tenait pas en place. Il avait les cheveux et les yeux de sa mère. C'était sa copie conforme au masculin. Il serra la main de l'étranger avec un franc sourire.

– Je te présente Jippy Wade, de Tex-son.

– Vous avez aimé la démo ? s'exclama Jeff, fou de joie.

– Suffisamment pour venir entendre chanter ta mère à San Francisco.

– Génial !

– Je suis content de faire ta connaissance, Jeff. Qui joue du piano ?

– Quand c'est déchirant comme ça, c'est Joey. Il est le seul de la famille qui arrive à faire pleurer le piano.

– Jeff, ne dis pas ça, lui reprocha la mère.

– Rachel est la plus technique de nous trois et elle préfère les pièces plus classiques, poursuivit l'adolescent.

– Et toi ?

– Moi, je ne suis pas très doué…

– C'est faux, protesta Jillian. Il a composé la moitié de mes chansons.

– Alors, toutes mes félicitations.

Jillian donna un coup de main à son fils, afin d'accélérer les préparatifs du repas. Dès que le fumet de la viande se répandit dans la maison, Rachel dévala l'escalier pour venir mettre la table. Elle déposa les couverts et s'arrêta net en apercevant l'inconnu assis dans le fauteuil à bascule.

– Maman ?

– Rachel, je te présente Jippy Wade.

– Du groupe Texas Gray Wolf ?

– Oui, c'est bien lui.

– Mon frère Joey écoute vos albums sans répit !

Rachel était aussi belle que sa mère, mais ses cheveux blonds étaient plus clairs et moins cuivrés. Ses yeux bleus étaient également plus foncés. Elle était tellement impressionnée de se trouver en présence d'une vedette que ses joues avaient rougi.

– Il va être fou de joie quand il va découvrir que vous êtes chez nous !

Le visage de Rachel passa subitement du ravissement à l'inquiétude.

– Mais pourquoi êtes-vous ici ? demanda-t-elle avec suspicion.

– Pour offrir un contrat de disque à votre mère.

– J'ai lu dans un magazine que votre compagnie est établie dans le sud de l'état. Que nous arrivera-t-il si elle va là-bas pour enregistrer un disque ? Ça prend des semaines, pour faire un album.

– Nous n'avons rien signé pour l'instant, tenta de la rassurer Jippy.

Jillian la serra par-derrière.

– Nous en reparlerons tous ensemble tantôt, d'accord ?

Elle embrassa les cheveux de sa fille, qui se calma aussitôt. Dès que la table fut mise et que la viande et les légumes furent prêts, Jeff coupa le pain et Rachel alla chercher son frère à l'étage. Il aurait été inutile de lui crier de venir manger à partir des escaliers.

Joey entra dans la salle à manger quelques minutes plus tard. Il ressemblait davantage à Rachel qu'à Jeff, de l'avis de Jippy. Ses cheveux blond foncé étaient plus longs que ceux de sa mère et bouclaient à partir de ses oreilles et ses yeux étaient du même bleu que ceux de Rachel. L'adolescent n'eut pas besoin qu'on lui dise qui était assis à table aux côtés de Jillian.

– Jippy Wade ? balbutia-t-il, abasourdi.

– Bonjour, Joey.

– Ne reste pas planté là, lui dit Jillian. Viens t'asseoir.

Joey se glissa sur sa chaise sans quitter le musicien des yeux, puis il dirigea un regard interrogateur vers sa mère.

– Ton frère a eu la brillante idée d'enregistrer une de mes répétitions et de l'envoyer à monsieur Wade, expliqua Jillian.

– Et il a aimé ce qu'il a entendu, ajouta Jeff.

– Commencez à vous servir, recommanda la mère. Ça refroidit.

Jeff, le plus gourmand, piqua sa fourchette dans une tranche de rôti, pendant que sa sœur plongeait la grosse cuillère dans le plat de légumes. Seul Joey ne bougea pas.

– Tu vas enregistrer un disque ? demanda-t-il.

– Apparemment, oui.

– Mais les studios se situent à l'autre bout du monde, se désespéra Rachel.

– Six heures et demie en voiture et une heure et demie en avion, précisa Jippy.

– Qu'allons-nous faire si tu pars ? s'inquiéta Joey.

– Je n'en sais rien encore.

– Tu pourrais enregistrer ton disque durant l'été, suggéra Rachel. Comme ça, on pourrait y aller avec toi.

– Ce n'est pas une mauvaise idée, admit Jippy.

– Y a-t-il un hôtel près du studio ? demanda Jeff.

– Non. Il se situe au milieu de nulle part.

Les trois enfants s'immobilisèrent en même temps, terrorisés.

– Mais je possède une immense maison où je vis seul, poursuivit Jippy. Vous y auriez chacun votre chambre.

– Qu'est-ce qu'on fait au milieu de nulle part pour s'amuser ? voulut savoir Jeff.

– Je ne saurais vous le dire, puisque je travaille tout le temps.

Au moment du dessert, Jippy déposa sur la table le sac de friandises qu'il avait acheté quelques heures plus tôt et laissa les enfants se diviser les trésors qu'il contenait.

– Je ne sais pas si c'est une bonne idée de donner autant de sucre à Joey, le taquina Jeff.

– Ce n'est pas moi l'hyperactif, c'est toi !

Durant la soirée, Joey insista pour que Jippy vienne voir sa chambre, ce qui surprit Jillian, puisqu'il n'y laissait jamais entrer qui que ce soit. Le musicien se réjouit de trouver un clavier, deux guitares électriques et une guitare acoustique dans la petite pièce. Il y avait à peine de l'espace pour le lit et la commode.

– Tu sais jouer ? fit Jippy en pointant les guitares.

– Je me débrouille.

L'adolescent brancha les deux instruments et en tendit un à l'adulte. Ils se mirent à jouer ensemble de vieilles chansons de TGW, au plus grand plaisir de Joey.

Lorsque vint le temps d'aller au lit, les trois jeunes Sarzo ne rouspétèrent même pas. Ils souhaitèrent une bonne nuit à leur invité et s'enfermèrent dans leur chambre. Jillian offrit un café à Jippy au salon.

– Je ne me souviens pas que mes enfants nous aient si bien obéi lorsqu'ils étaient adolescents, avoua-t-il.

– Ils savent que je suis rompue quand j'arrive à la maison et ils m'aident de bien des façons.

– Je vais vous laisser mon numéro de téléphone ainsi que ma carte de visite. Lisez le contrat à tête reposée et rappelez-moi, d'accord ?

Jillian lui en fit la promesse.

Dès son retour à Kennenika, Jippy commença à parler à Jillian tous les jours au téléphone, si bien qu'au bout d'une semaine, ils en vinrent à se tutoyer. Ils s'entendirent d'abord sur le contenu du contrat, puis discutèrent du monde de la musique, de l'économie, et d'à peu près n'importe quoi. Jippy lui fit parvenir des billets d'avion et affirma qu'il serait à l'aéroport pour l'accueillir avec ses enfants deux jours après la fin des classes.

Lorsqu'ils sortirent de l'aire d'arrivée, les jeunes Sarzo faisaient les yeux ronds. C'était leur premier voyage en avion et ils étaient plutôt intimidés. Jippy vint à leur rencontre et les conduisit au stationnement de l'aéroport, où les attendait une limousine allongée.

– Ce n'est pas pour vous impressionner, mais parce que j'avais besoin d'espace pour vous et pour les valises, affirma-t-il en constatant leur étonnement.

Le chauffeur se chargea des bagages tandis que la famille Sarzo s'entassait dans le grand véhicule. Joey et Rachel firent tout le trajet le nez collé sur les fenêtres pour admirer le paysage, car ils ne connaissaient rien d'autre que leur quartier de San Francisco. Jeff, qui aimait se prendre pour un adulte, préféra écouter la conversation entre sa mère et leur bienfaiteur.

– La maison est dans un lieu plutôt désertique, mais il y a une rivière non loin et un ranch qui appartient à un de mes amis, expliqua Jippy. J'organiserai évidemment des sorties intéressantes les fins de semaine.

– Comme quoi ? demanda Joey.

– Le zoo, l'aquarium…

– Les studios Universal ?

– Joey, qu'est-ce que je vous ai dit avant de partir ? lui reprocha Jillian.

– Tu ne veux pas qu'ils y mettent les pieds ? s'enquit Jippy.

– Je les ai avertis de ne rien demander et de se compter chanceux de passer leurs vacances ailleurs qu'à la maison, cette année.

– Alors, j'aurai le droit de vous y emmener ?

Le sourire moqueur de Jippy fit rire Jillian.

– Voici Kennenika, annonça Jippy deux heures plus tard.

– Ce n'est pas une ville, ça, laissa tomber Joey une fois qu'ils eurent dépassé les quelques maisons érigées à la sortie de l'autoroute.

– Disons que c'est un tout petit village.

Ils longèrent les clôtures blanches du ranch de Derek pendant de longues minutes, puis aperçurent un gros bâtiment rectangulaire sur leur gauche.

– C'est Tex-son, leur apprit fièrement Jippy.

Quelques minutes plus tard, ils s'arrêtèrent devant l'immense résidence du propriétaire des studios de musique.

– Wow… s'étrangla Joey en descendant le premier de la limousine.

Le reste de sa famille eut la même réaction que lui.

– Il faudra nous en acheter une quand tu seras riche et célèbre, ajouta Joey en s'adressant à sa mère.

– Vous serez tous partis de la maison quand ça arrivera, les taquina Jillian.

– Je ne suis pas de ton avis, répliqua Jeff. Tu as tellement de talent que tu seras millionnaire en deux ans.

– J'aimerais avoir autant d'imagination que vous, fit la chanteuse.

Ils empoignèrent leurs valises et entrèrent dans le manoir.

– Je suggère que vous portiez tout de suite vos affaires dans vos chambres, leur dit Jippy en se plantant dans les escaliers. Suivez-moi.

Ils se choisirent chacun une chambre, même Jillian, qui aimait beaucoup Jippy, mais qui voulait prendre le temps de mieux le connaître avant de partager son lit.

– C'est vraiment chouette, ici! s'exclama Joey en revenant dans le couloir. Je pense que je vais rester ici pour toujours!

Jippy jeta un coup d'œil de côté à Jillian, mais elle ne le vit pas. Elle s'employa plutôt à aider ses enfants à placer leurs vêtements et leurs effets dans leurs tiroirs et dans les penderies pour qu'ils ne soient pas tout froissés. Jippy leur fit ensuite visiter la maison et leur expliqua qu'il y avait malheureusement des serpents dans les broussailles. Effrayée, Rachel se colla contre sa mère.

– Il est très important de regarder où vous marchez, car ils n'attaquent que lorsqu'ils se sentent en danger.

– Est-ce qu'ils ont déjà mordu les chevaux de ton ami? demanda Joey.

– Pas à ma connaissance, mais vous pourrez poser la question à Derek.

– Est-ce qu'on fera de l'équitation aujourd'hui ? s'enquit Rachel.

– Il serait plus raisonnable de nous reposer le jour de notre arrivée, trancha Jillian.

Les Sarzo passèrent donc tout l'été chez Jippy, qui constata assez rapidement que la vie de famille lui plaisait encore plus que lorsqu'il avait élevé ses propres enfants. D'ailleurs, la mère de ces adorables adolescents avait finalement migré dans son lit. L'amour lui avait beaucoup plus manqué qu'il l'avait cru. L'enregistrement de l'album de Jillian n'étant pas terminé à la fin d'août, Jippy embaucha plusieurs professeurs qui vinrent enseigner aux adolescents à la maison.

– C'est bien mieux ainsi, déclara Joey pendant un souper dans la grande salle à manger.

– Mais on ne se fait pas de nouveaux amis, déplora Jeff.

– Ça nous unira davantage, répliqua Rachel.

Cinq années se passèrent ainsi et Jippy dut avouer que c'étaient les plus belles de toute sa vie. Arial enregistra un nouvel album et Ridge, le jeune groupe de métal qu'Hayden avait découvert, fit tout de suite sensation. Au lieu de considérer ces nouveaux musiciens comme des rivaux, les membres d'Arial les prirent plutôt sous leur aile et une magnifique collaboration se forma, si bien que Ridge devint officiellement le groupe qui réchauffait la foule pour Arial dans la tournée subséquente.

Hayden ne répondit pas à l'appel de Nico lorsque ce dernier se décida enfin à refaire de la musique, puisqu'il s'était fait harponner par le producteur Kerry Grant. En allant rencontrer ce dernier à Los Angeles afin de discuter du synopsis de son émission et des droits que les studios devraient acheter pour non seulement enregistrer les chansons visées, mais également pour que l'artiste puisse les chanter sur les ondes, Hayden avait commis l'erreur d'interpréter l'une d'elles *a capella* devant toute l'équipe technique. Sa prestation spontanée ayant été meilleure que les auditions du chanteur que Grant voulait embaucher, il avait plutôt proposé le contrat à Hayden.

Puisque les ventes des albums de Wade & Roe diminuaient, Hayden avait relevé le défi afin de faire vivre sa famille. Alors, toutes les semaines, on pouvait le voir à la télévision, vêtu comme une carte de mode, interprétant les chansons sur le palmarès. Toutefois, on ne lui permettait plus de s'accompagner à la guitare. Un orchestre s'en chargeait. En peu de temps, Marlon Stone s'était mis à l'appeler monsieur Pop Songs.

Malgré son emploi du temps chargé, Hayden continuait d'écouter les démos que recevait Tex-son et il laissait les plus prometteurs sur le bureau de son patron, qui pouvait alors en prendre connaissance. Puisque son gendre était très exigeant, Jippy lui faisait confiance.

Ne voulant pas que Jillian soit la seule femme de son écurie, il proposa un contrat à une Australienne de vingt-et-un ans qui habitait San Diego depuis quelques mois. Isabelle Haywood provenait d'une famille très riche, mais elle voulait prouver à son père qu'elle n'avait pas besoin de lui pour gagner sa vie.

La jeune femme était grande et mince et ressemblait davantage à un mannequin de mode qu'à une chanteuse, mais sa voix était magnifique. Puisqu'elle ne désirait pas former un groupe, Jippy se mit à la recherche de musiciens de studio pour qu'elle puisse enregistrer son premier album.

À deux cents kilomètres de Kennenika, un jeune guitariste, fraîchement sorti du conservatoire de musique de Berkeley, tomba sur l'annonce de Tex-son. Ne sachant pas encore comment il voulait orienter sa carrière, il jugea qu'un premier contrat comme guitariste de studio lui convenait parfaitement.

Le jeune homme s'appelait Domenico Specogna. Âgé de vingt-trois ans, il était l'aîné de deux garçons. Son petit frère Giovanni, qui avait six ans de moins que lui, était toujours à l'école. Ils vivaient avec leurs parents à Pasadena, une famille sans histoire.

Domenico avait hérité des cheveux et des yeux noirs de son père, tandis que Giovanni, que tout le monde appelait affectueusement John, avait les cheveux blonds et les yeux bleus de sa mère. Et ce n'était pas là leur seule différence. L'aîné était grand et élancé, alors que le benjamin était plus petit mais solidement bâti. Domenico était fier et élégant. John s'habillait n'importe comment et ne coiffait presque jamais sa tignasse bouclée.

Cet après-midi-là, Domenico était assis au salon, en train de consulter les annonces dans le plus récent magazine rock, lorsque son petit frère entra dans la maison et lança son sac à dos sur le sofa.

– Mama, qu'est-ce qu'on mange ? hurla John.

– Ça ne t'arrive pas de penser à autre chose que ton estomac ? grommela le grand frère.

– Je n'ai pas vingt-trois ans, moi. Je suis en pleine croissance.

– Si tu continues de t'empiffrer continuellement, tu vas devenir obèse.

– Imagine-toi, monsieur orgueilleux, qu'on n'a pas tous les mêmes buts dans la vie. Moi, je ne veux pas devenir le prochain Eric Clapton. Je veux juste gagner honorablement ma vie, comme papa, et avoir une ribambelle d'enfants.

– Tant mieux, puisque moi, je n'en aurai jamais.

– Tu changeras d'idée quand tu verras ma douzaine de beaux petits trésors.

– Jamais.

John alla se poster derrière le fauteuil de son frère pour voir ce qu'il lisait.

– Tu ne vas pas aller travailler juste avant le congé estival ? s'inquiéta-t-il.

– Pour toi, ce sont des vacances, mais pour moi, c'est du temps où je ne gagne pas ma vie.

– Papa ne nous demande même pas de pension !

– Je ne suis plus un bébé de dix-sept ans, John. Il faut que je quitte bientôt le nid.

– Ils t'ont demandé de partir ?

– Non. C'est moi qui ai besoin de devenir un adulte.

– Ça ne pourrait pas attendre quelques années ? Je pourrais partir en même temps que toi.

– Dans six ans, j'aurai presque trente ans. Ce sera bien trop tard. Arrête de ne penser qu'à toi-même.

– Mais je suis ton petit frère ! Ça devrait compter, pour toi !

– John, tu es la personne que j'aime le plus au monde. Si je cherche du travail, c'est justement pour pouvoir toujours prendre soin de toi. Maintenant, va étudier pour tes examens, sinon tu seras obligé de reprendre ton année.

Domenico répondit donc à l'annonce de Tex-son et reçut une convocation de la part d'Hayden Roe. Puisque son père lui avait donné sa voiture lorsqu'il s'en était acheté une toute neuve, il se rendit à Kennenika tel que convenu, le jour de l'audition. Il rencontra d'abord Hayden dans le bureau de Jippy, puisque ce dernier n'était pas encore rentré.

La première chose qui frappa Hayden fut le maintien et la tenue soignée du jeune homme. Ce n'était certainement pas le genre de musicien qu'il confierait à Simon.

– Alors, tu veux commencer ta carrière comme musicien de studio.

– Je veux prendre de l'expérience et me faire un nom avant de former mon propre groupe.

– J'ai vu dans ton CV que tu es sorti premier du conservatoire.

– C'est exact. Je ne vis que pour la musique.

– Ta démo m'a beaucoup impressionné.

– Je l'ai produite moi-même et j'y joue tous les instruments, mais je suis d'abord et avant tout guitariste.

– Tu tombes à point, Domenico, parce qu'Isabelle Haywood cherche un musicien de studio qui soit très polyvalent. C'est un contrat d'environ huit semaines qui nous donnera l'occasion de t'évaluer et te donner encore plus de travail par la suite. Tu commenceras lundi prochain, dans le studio C. Ce serait une bonne idée d'être ici vers dix heures afin de la rencontrer.

– C'est parfait. Vous ne regretterez pas de m'avoir embauché.

Hayden le savait déjà.

Lorsque Domenico rentra chez lui, après deux longues heures de route, il avait eu le temps de bien réfléchir à son engagement envers Tex-son. Il ne l'avait pas laissé paraître devant Hayden, mais il était très fier d'avoir serré la main de l'un des deux membres fondateurs de Wade & Roe, et fils de Keith Roe, de surcroît. Tous les jeunes guitaristes aspirant à la gloire vénéraient Keith Roe.

Il gara sa voiture à côté de celle de son père et entra dans la maison. Sa mère émergea aussitôt de la cuisine avec un air interrogateur.

– Comment ça s'est passé, mon chéri ?

– J'ai obtenu un poste. Comment auraient-ils pu me dire non ? Je suis le meilleur musicien de ma génération !

Maria Specogna était une femme simple qui ne voulait qu'une chose dans la vie : le bonheur de ses deux garçons.

– Quand commences-tu ?

– Lundi. J'ai loué une petite maison à Kennenika. Je m'y installerai en fin de semaine.

– Ne pourrais-tu pas voyager tous les jours au lieu de te retrouver tout seul dans une maison sans personne pour te faire à manger ?

– Il faudrait que je me lève avec le coq et que je conduise deux heures tous les matins. Dans quelle forme est-ce que je serais pour jouer de la guitare ?

Inquiète de voir partir son aîné, Maria se tordit les mains nerveusement.

– Est-ce que tu vas faire partie d'un groupe ? demanda-t-elle pour s'assurer qu'il ne vivrait pas en ermite.

– Pas vraiment. Mon contrat spécifie que je jouerai pour Isabelle Haywood, puis ensuite, je n'en sais rien.

– Qui est-elle ?

– C'est la toute nouvelle sensation pop de l'australie, mais elle a décidé d'enregistrer son nouvel album à Texson. Où est papa ?

– Dans le jardin.

Pressé d'annoncer la nouvelle à son père, Domenico traversa la maison et sortit dans la cour. Son père passait l'aspirateur dans la piscine. Ennio Specogna était grand, mince et doux comme un agneau. Son fils aîné lui ressemblait physiquement, mais Domenico possédait une ambition qu'il ne tenait pas de ses parents.

– J'ai du travail !

– Est-ce que tu l'as obtenu grâce à nos liens de parenté avec Keith Roe ?

– Pas du tout, alors retire tes paroles d'hier soir !

– Je les retire avec plaisir.

Ennio débrancha l'aspirateur et alla serrer Domenico dans ses bras.

– Je ne croyais pas qu'un jeune homme de vingt-trois ans puisse commencer à gagner sa vie comme guitariste sans avoir de relations dans le milieu.

– C'est parce que je suis bourré de talent ! D'ailleurs, si tu n'y croyais pas, pourquoi m'as-tu acheté toutes ces guitares et m'as-tu payé mes cours au conservatoire ?

– C'était uniquement pour te faire plaisir.

– Tu es le meilleur père du monde.

Ils entendirent claquer la porte de l'entrée et surent que Giovanni venait de rentrer de l'école.

– Où est-il ? hurla le benjamin.

Maria possédant une voix plus douce, les deux hommes n'entendirent pas sa réponse, mais deux secondes plus tard, l'adolescent fonçait dans la cour comme un ouragan. Domenico se décolla de son père juste à temps pour recevoir son petit frère dans les bras.

– Est-ce que tu l'as eu ? Est-ce que tu l'as eu ? Est-ce que tu l'as eu ?

– Ils m'ont déroulé le tapis rouge.

– Ne me fais pas languir ! Conte-moi tout !

– C'est Hayden Roe lui-même qui m'a fait signer mon contrat.

– Wow…

– Venez vous laver les mains, tous les trois, ordonna Maria par la fenêtre de la cuisine.

Domenico entraîna Giovanni dans la maison. Ennio les suivit en souriant, heureux de l'entente qui continuait de régner entre ses fils malgré leur différence d'âge. Ils se lavèrent les mains et passèrent à table.

– Mais raconte ! s'impatienta le benjamin.

– Je vais jouer de la guitare sur l'album d'Isabelle Haywood, mais je ne partirai pas en tournée avec elle.

– La belle chanteuse d'Australie que j'ai vue dans ton magazine ?

– Exactement. J'habiterai à Kennenika tout l'été.

– Tu vas me laisser ici tout seul ? s'affligea Giovanni.

– Je reviendrai passer du temps avec toi quand on m'accordera des congés. J'ai étudié très fort au conservatoire, John, parce que j'ai l'intention de devenir le meilleur guitariste de tous les temps. Pour y arriver, il faut que je commence quelque part.

– Mais moi ?

– Ton frère ne s'en va pas vivre dans un autre pays, fiston, lui rappela Ennio.

– Je suis sûr qu'il comprend que nous devons tous faire des sacrifices pour obtenir ce qu'on veut dans la vie, affirma Domenico.

Giovanni baissa la tête pour éviter le reste du sermon. Il s'enferma dans sa chambre lorsque son frère se mit à préparer ses valises. Le dimanche, lorsque ce dernier fut sur le point de partir pour Kennenika, son petit frère claqua la porte et s'enfuit dans le parc non loin.

Domenico avait décidé d'emménager dans la maison qu'il occuperait tout l'été à l'entrée du village la veille de son importante rencontre avec la chanteuse australienne. Il gara la vieille voiture devant l'habitation et trouva une affichette collée sur la porte de l'entrée qui rappelait aux habitants que le club-house invitait tous les musiciens à venir y jouer les soirs de fin de semaine.

– Intéressant… murmura le jeune homme en entrant chez lui.

Heureusement, la maison était meublée. Il déposa ses valises dans l'une des trois chambres, puis transporta dans la cuisine les sacs d'épicerie que ses parents lui avaient offerts. Il plaça dans le réfrigérateur les aliments qui devaient y être conservés, puis rangea ses vêtements dans les tiroirs et les penderies. Il était presque seize heures lorsqu'il fut satisfait de son installation provisoire.

Sa ville natale de Pasadena n'avait rien en commun avec ce coin de désert. Domenico sortit dans la rue pour explorer les alentours. Il découvrit alors qu'une des six maisons était en réalité un magasin général, ce qui le rassura un peu, mais c'est tout ce qu'il trouva. Une extrémité de la rue se terminait par une clôture métallique qui la séparait de l'autoroute. L'autre la reliait à la sortie qu'il avait empruntée. Il marcha pendant plusieurs minutes sur ce chemin sans rencontrer la moindre trace de vie. Il alla donc chercher sa voiture pour poursuivre cette expédition. Il avait vu les interminables clôtures blanches lors de son entrevue, mais n'y avait pas vraiment prêté attention. Il crut voir un manoir derrière une rangée d'épicéas, puis dépassa la grosse bâtisse carré de Tex-son et vit la maison de Jippy Wade, qui lui rappela celles des plantations de la Louisiane. Il arriva à un cul-de-sac et revint sur ses pas. Où était donc ce club-house ?

Il retourna chez lui sans se presser en pensant à ce qu'il se préparerait pour le repas. C'est alors qu'il vit un jeune homme de son âge aux longs cheveux noirs qui descendait d'une Mustang rouge.

– Salut, fit Domenico en marchant vers lui.

L'étranger vint tout de suite à sa rencontre en lui tendant la main.

– Je suis Jesse. Es-tu perdu ?

Malgré son air revêche, ses yeux bleus perçants, ses jeans noirs troués et son haut en filet, Jesse Ridge était le musicien le plus serviable de tout Kennenika. Rien n'était jamais trop compliqué pour lui et il avait le don de mettre tout le monde à l'aise d'un seul sourire.

– Je suis Do Specogna et non, je ne suis pas perdu. Je commence à travailler à Tex-son demain et je viens tout juste de m'installer.

– Dans ce cas, bienvenue dans notre grande famille. Surtout, ne te fie pas à mon apparence. Elle m'aide seulement à donner plus de mordant à mes chansons.

– Tu joues pour qui ?

– Ridge, mon propre groupe. Notre premier album sort cet été, alors je ne m'attends pas à ce que tu connaisses, à moins que tu fréquentes les clubs de Santa Monica.

– J'ai surtout passé les dernières années à l'école.

– Je suis certain que tu aimeras notre musique. Si jamais tu as des questions, j'habite juste en face. Au bout de la rue, c'est Arial, et à côté de chez toi, c'est Amanda et son nouveau mari, Eddy Thompson. Je te les présenterai lorsqu'ils seront de retour.

– J'ai justement une question. Qu'est-ce que le club-house ?

– C'est le bâtiment au bout de l'allée qui mène aux écuries de Derek Sands, par là. Justement, j'y répète ce soir avec Ridge, vers vingt heures. J'espère que tu viendras y faire un saut.

– Je n'y manquerai pas.

Domenico rentra chez lui, se prépara à manger en se félicitant d'avoir appris à cuisiner avec son père, puis alla prendre une douche afin d'être présentable lors de sa première visite au club-house. Il s'habilla tout en noir pour ne pas trop détonner dans le décor. Plusieurs voitures étaient déjà stationnées devant le club-house lorsqu'il s'y présenta. Il franchit la porte et laissa ses yeux s'habituer à la faible luminosité, puisque la plupart des petites tables étaient uniquement éclairées par des lampions. Tout au fond s'élevait une scène où se trouvait une batterie bien équipée, un clavier double sur un support métallique, et des guitares en rang.

De la musique jouait dans les haut-parleurs pendant que les cinq musiciens de Ridge se préparaient à prendre l'endroit d'assaut. Il s'agissait sans doute plus d'une salle de répétition que d'un club où les gens venaient boire après le travail, puisqu'il n'y avait presque personne aux tables.

– Salut, le petit nouveau ! s'exclama un homme aux cheveux platine tout ébouriffés.

Domenico n'eut pas le temps de répondre que l'étranger lui plaquait une bière froide dans la main.

– Je suis Marlon Stone !

– D'Arial ?

– Évidemment ! Et toi ?

– Do Specogna. Je suis musicien de studio.

– Oh… s'attrista Marlon. Un orphelin…

– Y a-t-il d'autres membres d'Arial ici, ce soir ?

– Nous sommes tous là sauf Kevin, qui ne supporte pas la fumée. Veux-tu t'asseoir avec nous ?

– Ce serait un honneur.

Marlon le présenta à Rudy, Rik, Dave et Simon. Dès que Domenico eut planté son regard dans celui du sorcier, il ressentit un étrange malaise.

– Tiens donc, fit Simon avec un sourire amusé. Le premier paon de la région.

– Je vous demande pardon ?

– Ne t'en fais pas avec ça, le rassura tout de suite Marlon, en l'emmenant plutôt s'asseoir avec Rudy et lui.

Simon aime comparer les gens à des animaux. Moi, je suis un singe.

– Et lui ?

– C'est un dragon, bien sûr.

– Ah…

Domenico crut qu'ils avaient ou bien pris de la drogue ou bien déjà trop bu.

– Moi je suis un kangourou, avoua Rudy avant d'éclater de rire.

Jesse Ridge annonça alors que le groupe était prêt pour sa prestation.

– Si vous voulez sortir, c'est le moment, plaisanta-t-il.

Même s'il était vêtu comme le sombre Maccrie, il était évident que Jesse ne lui ressemblait pas du tout. Domenico sirota sa bière en écoutant la musique du groupe et en se demandant à quel animal le chanteur pouvait être comparé. Lorsque les musiciens eurent terminé, ils abandonnèrent leurs instruments et sautèrent dans la salle pour se mêler à ceux d'Arial. Même Marlon et Rudy allèrent les retrouver. De la musique populaire recommença à jouer dans les haut-parleurs.

Domenico allait se lever afin de quitter l'endroit. Il était important qu'il soit frais et dispos pour sa première journée de travail le lendemain. C'est alors qu'une jeune fille s'approcha de lui. Elle était juchée sur des talons aiguilles et portait une robe de cuir moulante plutôt révélatrice. Ses longs cheveux blonds comme les blés lui atteignaient les fesses.

– Est-ce que tu es seul ? demanda-t-elle.

Domenico montra les fauteuils vides autour de lui.

– Je peux m'asseoir avec toi ?

– Pourquoi pas ?

Sans plus de façon, elle prit place sur les genoux du jeune homme.

– Tu es nouveau, ici.

– Tout à fait, mais je sens que je vais m'y plaire assez rapidement.

S'il avait fait moins sombre, Domenico aurait tout de suite vu que sous son épais maquillage, la jeune fille n'avait que quinze ans.

– Je m'appelle Katia.

– Moi, c'est Do.

– Comme la note de musique. C'est original. J'ai envie de danser avec toi.

Elle ne lui donna pas le temps de répondre et le tira au milieu des tables. Pendant que Domenico essayait d'évaluer ses intentions, une voiture s'était arrêtée au bout de la longue allée qui menait à l'écurie. Ayant échappé à la surveillance de ses parents, Giovanni Specogna avait fait de l'autostop afin de se rendre à Kennenika, ce qui avait nécessité plusieurs changement d'autoroute et beaucoup de temps. Au lieu de le laisser à la sortie de l'autoroute, la dernière conductrice avait eu pitié de lui et l'avait laissé devant O.K. Corral.

L'adolescent remonta le chemin bordé de peupliers noirs de la Californie. Il venait de mettre la main sur la poignée de la porte du club-house lorsqu'il entendit une voiture faire marche arrière. Il se retourna et reconnut l'Acura Legend de son frère.

– Domino! s'écria le jeune homme.

Domenico faisait sans doute jouer la radio à plein régime, puisqu'il n'entendit pas l'appel de son frère et quitta le club-house. Giovanni s'élança à sa poursuite, mais, à bout de souffle, dut s'arrêter au bout de l'allée.

– Non! protesta-t-il. Mais qu'est-ce que je vais faire, maintenant? Si j'appelle à la maison, je vais me faire tuer!

Il tourna en rond jusqu'à ce qu'il se rappelle qu'il avait de la famille dans le coin. Son père lui avait dit que la veuve de son oncle Keith Roe demeurait juste un peu plus loin qu'une grosse écurie qui appartenait à Derek Sands.

– Je n'ai qu'à continuer sur cette route.

Giovanni se mit à marcher lentement. Soudain, il entendit les appels des coyotes au loin. Ayant toujours habité la ville, il ignorait que ces animaux ne s'attaquaient pas aux hommes. Alors, il pressa le pas et aperçut finalement de la lumière derrière de gros épicéas. Il n'était pas certain d'être au bon endroit, mais les habitants de cette maison pourraient sans doute le renseigner. Il appuya sur la sonnette et attendit en regardant peureusement autour de lui. Ce fut Suzi elle-même qui lui ouvrit.

– Est-ce que je peux t'aider? fit-elle, sur ses gardes.

– En fait, vous êtes la seule personne qui puisse le faire, ce soir. Je m'appelle John Specogna. Je suis le fils de la sœur de Keith Roe.

– Sa sœur?

Intriguée, elle fit passer le jeune homme au salon.

– Mon mari était orphelin, précisa Suzi.

– Sa mère a eu un autre bébé après lui, une fille.

– En as-tu la preuve?

– Ma mère a des documents qui indiquent clairement que Meredith Roe a eu deux enfants, qu'elle a donnés en adoption. Le premier était un garçon qui s'appelait Keith, né le 13 avril 1933 et le deuxième était une fille qui s'appelait Maria, soit ma mère, née le 15 septembre 1940.

Suzi demeura silencieuse un long moment. C'était bien la date d'anniversaire de son défunt mari, mais elle n'arrivait tout simplement pas à comprendre pourquoi cette femme avait gardé aussi longtemps son secret.

– Keith a cherché toute sa vie à savoir d'où il venait, s'étrangla Suzi. Si vous le saviez depuis le début, pourquoi ne pas nous l'avoir dit ?

– Parce que ma mère ne nous en a parlé que lorsque Keith est décédé. Nous savions qu'elle avait été adoptée par mes grands-parents Francesi, mais elle a toujours prétendu ne pas connaître ses véritables parents. Elle a tellement pleuré en apprenant le décès de votre mari que mon père a fini par lui faire avouer la vérité. Elle n'a jamais tenté d'approcher son frère de peur qu'il pense qu'elle était une folle qui voulait se donner de l'importance, mais elle a toujours suivi sa carrière de loin.

– Keith avait de la famille, après tout…

– Ma mère et lui n'ont pas le même père, par contre, mais je ne crois pas que ça y change quoi que ce soit.

– Quel âge as-tu, John ?

– Dix-sept ans, mais j'ai un grand frère de vingt-trois ans.

– J'aimerais bien rencontrer ta mère pour discuter avec elle.

– J'essaierai d'arranger quelque chose.

– Est-ce que tu rends toutes tes visites à cette heure-ci ?

– Oh non. C'est que ce soir, j'ai un petit problème. Je suis venu en faisant du pouce afin de passer un peu de temps avec mon frère, mais quand je suis arrivé chez Derek Sands, Domenico venait de partir en voiture. Puisque je ne savais pas où il allait, j'ai marché jusqu'ici.

– Tes parents savent-ils où tu es ?

– Non… Je suis sorti par la fenêtre de ma chambre. Ils n'auraient pas compris que je devais absolument voir Domino ce soir. Ils ne m'auraient pas laissé partir.

– Tu ne connais donc pas l'adresse de ton frère dans la région.

John secoua tristement la tête.

– Je vais te garder chez moi, cette nuit, mais tu vas commencer par appeler tes parents pour les rassurer.

Suzi déposa le téléphone sur les genoux de son nouveau neveu. John commença par hésiter, puis composa le numéro.

– Bonsoir, maman…

– Giovanni ? s'étonna Maria. Mais d'où m'appelles-tu ?

Elle parlait si fort que Suzi pouvait l'entendre.

– Je sais que je devrais être dans mon lit, mais je suis à Kennenika, chez madame Roe.

– Quoi ? Ennio !

– Vous n'avez aucune raison de vous inquiéter.

– Tu es parti sans nous prévenir, tu te trouves à plus de deux cents kilomètres de la maison et nous n'avons aucune raison de nous inquiéter ? Où est ton frère ?

– Je n'en sais rien.

– N'essaie surtout pas de rentrer par tes propres moyens, Giovanni Specogna. Je me mets tout de suite en route avec ton père et tu vas passer un mauvais quart d'heure.

– Tu sais bien que papa n'aime pas conduire la nuit. De toute façon, tante Suzi m'a invité à dormir chez elle. Je voulais juste vous dire où je suis.

– Es-tu bien certain que tu n'importunes pas la famille Roe ?

– Absolument certain.

– Comporte-toi bien chez les Roe, jeune homme, sinon ta punition sera double.

– Je t'aime aussi, maman. Bonne nuit.

John raccrocha avant qu'elle ajoute d'autres menaces et leva sur sa tante un air contrit.

– Demain, je vous garderai à souper et nous essaierons de trouver ton grand frère pour qu'il se joigne à nous. Je veux faire sa connaissance.

– Vous êtes très gentille.

– Est-ce qu'il te ressemble ?

– Pas du tout. Maman dit que Domino ressemble aux Specogna. Moi, je tiens plutôt d'elle.

– Donc, de Keith.

Le jeune homme retira son porte-monnaie de la poche de sa veste et en sortit une photographie de Domenico.

– C'est lui.

– Tu as raison. Vous n'avez rien en commun.

– À part Hayden, Ian et Kevin, ai-je d'autres cousins Roe ?

– Ce sont les seuls enfants que j'ai eus.

– Pourrai-je les rencontrer demain ?

– J'essaierai de les rassembler, mais ils sont tous très occupés.

Suzi le conduisit à la chambre d'amis et le laissa tranquille. John tourna en rond dans la pièce pendant de longues minutes. Il avait du mal à croire qu'il se trouvait dans la maison de son célèbre oncle guitariste.

Au réveil, John fila sous la douche de sa salle de bain privée et remit ses vêtements. Si sa mère avait été là, elle l'aurait grondé, car elle tenait à ce qu'il se change tous les jours. Prudemment, il ouvrit la porte et mit le nez dans le corridor. Il pouvait entendre des voix au rez-de-chaussée. Il descendit l'escalier et trouva Suzi en compagnie de Kevin, dans la salle à manger.

– Justement, le voilà, fit sa tante.

– Content d'apprendre que j'ai enfin un cousin! lança le chanteur d'Arial.

Puisque la famille avait toujours cru que Keith était enfant unique et puisque le frère de Suzi n'avait pas eu d'enfants, les frères Roe n'avaient aucune parenté.

– Je suis Kevin.

– Je sais qui tu es! s'exclama John. Tu es le dieu du métal!

– C'est mon image publique.

– Il est beaucoup plus timide en privé, ajouta Suzi. Je vais tenter de réunir tes frères pour le souper ce soir, pour que les deux familles apprennent à se connaître.

– Excellente idée, approuva Kevin.

– Assieds-toi et sers-toi, John, exigea la tante.

L'adolescent ne se fit pas prier, car il était mort de faim. Kevin le regarda manger en sirotant son café. Il était vraiment étrange de le voir aussi calme, car sur une scène, il n'arrêtait pas de bouger une seule seconde.

– Ça te dirait de m'accompagner à Tex-son, ce matin ?

– Tu parles d'une question ! se réjouit John.

Dès qu'ils eurent fini de déjeuner, les deux hommes quittèrent la maison. John s'assit dans la Corvette en s'exclamant de joie, car c'était la première fois qu'il voyait une voiture sport d'aussi près. Kevin semblait du même âge que Domenico, mais il était si différent de lui ! Le chanteur d'Arial aurait eu toutes les raisons d'être snob, car il avait des millions d'admirateurs, mais il s'avérait d'une simplicité déconcertante. Il avait attaché ses cheveux blond foncé sur sa nuque et ne s'était pas rasé. Il portait un t-shirt de Derringer, l'ancien groupe de son défunt père, des jeans troués sur les genoux et de vieilles espadrilles.

Kevin ouvrit la porte d'entrée de Tex-son et laissa passer John devant lui. L'adolescent faisait de gros efforts pour ne pas trépigner d'impatience. Il allait voir les studios où les albums d'Arial et de son oncle Keith avaient été enregistrés ! Hayden sortit du bureau de Jippy à cet instant précis.

– Tu tombes bien, lança Kevin. Je veux te présenter quelqu'un.

– Un client potentiel ?

– Ça, je n'en sais rien. Tout ce que je peux te dire, c'est qu'il est notre cousin.

– Par l'opération du Saint-Esprit ?

– Notre père l'ignorait, mais il avait une sœur et John est le fils de celle-ci.

Hayden lui tendit la main avec un sourire.

– Je suis enchanté de te rencontrer, John… Roe ?

162

– Malheureusement, non, soupira-t-il. Ma mère a épousé un Specogna.

– Comme c'est étrange… J'ai justement embauché un Domenico Specogna pour jouer de la guitare et du synthétiseur sur l'album d'Isabelle Haywood.

– C'est mon frère.

– Je ne l'aurais jamais deviné. Toi, tu as une tête de Roe.

– Maman essaie de nous réunir pour le repas de ce soir afin que nous fassions connaissance du reste de sa famille, annonça Kevin.

– Je dois malheureusement me rendre à Los Angeles aujourd'hui pour une répétition du Pop Songs. Je ne serai pas de retour avant la fin de la soirée. Si je vois qu'il y a beaucoup de voitures devant ta maison, je m'arrêterai quelques minutes. Amusez-vous bien, les petits jeunes.

Hayden sortit de l'édifice, tandis que Kevin emmenait son cousin dans le couloir. Il le fit entrer dans la cabine du studio A. Les musiciens d'Arial se réchauffaient de l'autre côté de la baie vitrée.

– Je vais me pincer pour m'assurer que je ne rêve pas, murmura John.

Kevin le poussa dans la porte du studio.

– Qui est le petit nouveau? demanda Marlon en se levant.

– C'est mon cousin John de Pasadena, répondit Kevin.

– Il est beau comme un cœur!

Les guitaristes et le bassiste vinrent serrer la main de John en se présentant. Le pauvre garçon avait arrêté de respirer. Peu de jeunes de son âge avaient eu la chance de rencontrer les membres du plus illustre groupe de métal au monde.

– Tu sais chanter, Pasadena ? s'enquit Marlon.

– Comme tout le monde.

John vit alors le membre invisible d'Arial, assis au fond de la pièce. Immobile comme un fauve, Simon l'observait depuis un petit moment déjà.

– Monsieur Maccrie…

– Monsieur Specogna, répliqua Simon.

Pourtant, Kevin n'avait pas mentionné le nom de famille de son cousin.

– Vous me connaissez ?

– Je pense que quelqu'un n'est pas content, indiqua Marlon en pointant la large fenêtre.

John se retourna et vit son frère debout derrière la console, les bras croisés sur la poitrine. Son visage exprimait une vive colère.

– Si tu refermes la porte derrière toi, nous n'entendrons rien, affirma Marlon. Allez, sois brave.

Voyant que l'adolescent restait figé sur place, le batteur le poussa jusque dans la cabine pour leur donner un peu d'intimité.

– Qu'est-ce que tu fais ici ? grogna Domenico.

– Je suis parti de la maison hier pour te faire une surprise.

– Hier ?

– Puisque je t'ai manqué de peu à l'écurie de Derek Sands, je suis allé cogner à la porte des Roe. Heureusement que nous avions de la famille dans la région, sinon j'aurais dormi à la belle étoile, avec les serpents et les scorpions.

– Tu as le culot de me reprocher de ne pas t'avoir attendu hier, alors que je ne savais même pas que tu étais là ?

– Ce que je te reproche, c'est de ne pas être un bon frère !

– Quoi ?

Kevin entra dans la cabine avec l'intention de mettre fin à cette altercation ridicule.

– Je vous en prie, ne vous disputez pas, supplia le chanteur d'Arial. La discorde crée de mauvaises vibrations qui dérangent ceux qui y sont sensibles.

– Nous finirons cette discussion plus tard, déclara Domenico en brûlant son frère du regard.

– John m'a dit, ce matin, que tu connaissais tous les solos d'Arial.

– C'est exact.

– Alors, viens nous montrer ce que tu sais faire.

Domenico ne manquait jamais une occasion de faire montre de son talent. Il entra donc dans le studio, où Kevin n'eut pas besoin de le présenter, puisque le nouveau venu avait déjà rencontré le reste du groupe au club-house. Il joua avec Arial pendant son heure de repos, puis retourna dans le studio de l'australienne, défendant à son petit frère de le suivre. Il ne revint le chercher qu'à la fin de sa journée de travail. John était seul dans l'aire de réception et lisait un magazine.

– Es-tu encore fâché contre moi ? demanda le benjamin en levant lentement les yeux sur son frère.

– Je suis furieux.

– J'avais juste envie d'être avec toi et tu ne nous as pas laissé de numéro de téléphone…

– N'essaie pas de me manipuler.

– Je ne sais même pas comment faire ça !

– Tu viens de me faire passer pour un monstre devant toute la famille. Est-ce que tu t'en rends seulement compte ?

– Non…

– J'ai le droit de faire ce que je veux sans avoir à m'inquiéter de toi.

– Je n'aime pas ça quand tu me grondes…

– Tu fais pourtant tout ce qu'il faut pour que les choses se passent ainsi.

– Je ne pourrai jamais m'habituer à ne pas t'avoir à la maison avec moi.

– Pour le savoir, il faudrait d'abord que tu commences par y rester.

– Est-ce que tu viendras quand même souper chez les Roe, ce soir ?

– Pour qu'ils puissent voir en personne le méchant ogre qui a abandonné son petit frère à son sort hier ?

– Je ne t'ai pas présenté de cette façon.

Domenico poussa un grondement rauque et se mit à arpenter la réception.

– Arrive, siffla-t-il entre ses dents.

John bondit derrière lui. Il ne voulait surtout pas le faire fâcher davantage. Domenico le ramena chez lui et le laissa fureter partout pendant qu'il se changeait. Ils remontèrent dans la voiture de l'aîné et se dirigèrent vers le manoir des Roe.

– Tu t'habilles toujours si bien, laissa tomber John.

– Tu pourrais en faire autant si tu t'en donnais la peine.

– Peu importe ce que je décide de porter, on dirait toujours que ça jure.

– C'est parce que tu ne sais pas agencer tes vêtements.

Domenico gara l'acura près de la voiture de ses parents et sonna à la porte. Suzi les fit entrer et les emmena au salon, où les attendaient Ennio et Maria en compagnie d'Ian et de son épouse Kim, ainsi que de Kevin. Maria avait montré ses documents aux Roe pour leur faire comprendre qu'elle n'était pas un imposteur.

Ian serra la main de ses cousins.

– Maman ne parle que de vous deux, depuis ce matin.

– Tu vois, Domino, tu es déjà célèbre, lui chuchota John.

Le grand frère lui décocha un regard chargé d'avertissement.

Suzi invita tout le monde à table. La préparation d'un souper élaboré avait réussi à l'arracher à sa morosité. Kevin ne l'avait pas vue aussi radieuse depuis la mort de Keith. Tout comme elle, il n'arrivait à fonctionner normalement qu'en s'occupant. Il n'était pas facile d'oublier un mari et un père aimant et attentionné.

Suzi écouta les Specogna leur parler de leur vie de famille et de leurs espoirs pour leurs garçons sans avoir le courage de leur dire que, de toute façon, les enfants n'en faisaient toujours qu'à leur tête lorsqu'ils devenaient grands. À son tour, elle leur parla de l'époque où ils vivaient à New York, puis leur raconta les péripéties de la construction de la maison à Kennenika.

Le repas s'éternisa si bien qu'ils n'étaient rendus qu'au dessert lorsque Hayden s'arrêta pour leur dire bonsoir. Il était accompagné de sa fille Katia, qu'il avait cueillie au club-house.

– Venez vous asseoir, les invita Suzi.

John remarqua l'état de choc dans lequel se trouvait tout à coup son frère.

– Je vous présente Hayden, mon aîné, et sa fille Katia.

– Ta fille? s'étrangla Domenico.

Katia aperçut alors son cavalier de la veille de l'autre côté de la table, mais elle demeura impassible. Toutefois, John observait un échange silencieux entre eux.

– Je suis assez vieux pour avoir une fille de son âge, répliqua Hayden.

– Quel âge a-t-elle?

– Elle vient d'avoir quinze ans.

– Je lui en aurais donné au moins dix-huit, laissa tomber John.

– Elle est jolie, n'est-ce pas? fit Hayden, qui se demandait pourquoi son cousin avait pâli.

– Très jolie, en effet…

Suzi se mit à vanter les talents de ses enfants, ce qui permit à la tension de diminuer dans la salle à manger. Une heure plus tard, Hayden annonça qu'il devait rentrer chez lui et laissa passer sa fille devant lui. Suzi en profita pour faire visiter la maison à Ennio et Maria.

– On dirait bien que tu connaissais déjà Domenico, fit remarquer Hayden en s'installant derrière le volant de sa BMW.

– Qu'est-ce que ça peut bien faire? répliqua Katia en haussant les épaules.

Hayden fit reculer sa voiture pour sortir de l'entrée.

– Vous avez semblé surpris de vous rencontrer chez ma mère.

– Cesse donc de jouer au détective tout le temps.

– Je joue au père, en ce moment, Katia.

– Je n'ai rien à te dire, alors ne perds pas ton temps.

– Je veux seulement savoir s'il s'est passé quelque chose entre vous.

Katia tourna le regard vers la fenêtre, même si on ne voyait strictement rien dehors.

– Je trouve juste malheureux qu'ils soient mes cousins, parce qu'ils sont plutôt séduisants.

Tandis que ses parents parcouraient la maison sur les talons de Suzi, en compagnie d'Ian, Kim et Kevin, Domenico en profita pour sortir sur la terrasse qui faisait face à la rivière.

– S'est-il passé quelque chose entre Katia et toi ? demanda John.

Domenico fit volte-face et se calma en voyant que son frère était seul.

– J'ai couché avec elle, soupira l'aîné.

– Elle a quinze ans !

– Pas hier soir. Elle savait très bien ce qu'elle faisait. On n'agit pas comme ça à quinze ans.

– Même pas à dix-sept… avoua John en rougissant.

– Ça viendra. Il n'y a rien qui presse.

– Tu es fâché contre elle aussi, n'est-ce pas ?

– Non. Je suis fâché contre moi-même. J'aurais dû être plus vigilant.

– Es-tu amoureux d'elle ?

– Je regrette de t'enlever tes illusions, mais il n'est pas nécessaire d'aimer quelqu'un pour avoir du plaisir.

La porte-fenêtre grinça et les frères se turent aussitôt. Ennio s'avança vers ses fils, l'air inquiet.

– Domenico, dis-moi ce qui te tracasse.

John en profita pour se glisser à l'intérieur. La dernière chose qu'il voulait, c'était de trop parler et de se mettre son frère à dos encore une fois.

– Rien, répondit l'aîné.

– As-tu besoin d'argent ?

– Tu m'en as déjà donné plus que nécessaire.

– C'est Kennenika qui ne te plaît pas ? Ton nouveau travail ? Isabelle Haywood ?

– J'adore ce que je fais et je vis dans une grande maison où je peux faire tout ce que je veux. En ce qui concerne mademoiselle Haywood, elle ne m'a pas encore adressé la parole.

– C'est la visite inopinée de ton petit frère qui t'irrite ?

– J'aurais aimé qu'il me prévienne de son arrivée, mais ça m'a fait du bien de le voir. Surtout, ne le punissez pas.

– Très bien, mais lorsque tu auras envie d'en parler, appelle-moi.

Les Specogna firent leurs adieux aux Roe et montèrent dans leur Grand Marquis. John garda le silence pendant tout le trajet, se contentant d'écouter les commentaires qu'échangèrent ses parents jusqu'à Pasadena. Il se dirigea directement à sa chambre et se dévêtit. Quelques coups furent alors frappés à la porte.

– Tu peux entrer, papa, soupira l'adolescent en s'asseyant sur son lit.

Ennio s'avança vers lui.

– Est-ce que tu sais ce qui tourmentait ton frère, tout à l'heure ?

– C'est à lui que tu devrais le demander, pas à moi.

– Il n'a pas voulu m'en parler.

– Vous n'avez pas de raison de vous inquiéter, d'accord ? Il a juste commis une erreur et vous savez comment il déteste se tromper.

– Sur l'âge de la fille d'Hayden ? Il la connaissait déjà, n'est-ce pas ?

– Papa, je ne veux pas en parler.

– Il a couché avec une mineure ?

John baissa la tête et garda le silence.

– Ton frère est un adulte, maintenant, et même si j'aurais aimé qu'il attende d'être marié avant de coucher avec une fille, je ne peux pas lui en vouloir de suivre la moralité de son temps.

– Maman risque d'être moins compréhensive.

– Je ne lui en parlerai pas, parce que pour elle, vous êtes encore des anges.

– Moi, en tout cas, j'en suis un.

– Et ne sois pas trop pressé de perdre ton auréole.

– Vous n'allez pas m'empêcher de visiter Domino de temps en temps à Kennenika, n'est-ce pas ?

– Seulement si tu prends l'autobus.

– Comment avez-vous su que j'ai fait de l'auto-stop ?

– Tu viens juste de me l'apprendre.

– Moi et mon incorrigible naïveté…

– C'est ainsi qu'on t'aime, jeune homme.

John alla se réfugier dans les bras de son père.

– Quand j'aurai des enfants, je veux les traiter exactement comme tu nous traites…

– Ils ne seront pas nécessairement comme Domenico et toi et tu feras comme nous, tu apprendras par essais et erreurs.

– Merci d'être mon père.

Ennio ébouriffa les cheveux blonds de son benjamin et l'embrassa sur le front.

– Peu importe votre âge, vous serez toujours nos petits poussins. Si tu décides de ne pas te coucher tout de
suite, essaie de ne pas faire trop de bruit.

– Je vais mettre mes écouteurs pour écouter mes
disques d'Arial et de Keith Roe.

– Bonne nuit, Giovanni.

– Bonne nuit, papa.

Dès qu'Ennio eut fermé la porte, John s'allongea sur
le dos et réfléchit à tous les événements qu'il avait vécus
depuis vingt-quatre heures. Sa vie de famille venait de
changer à tout jamais et s'il ne faisait pas quelque chose
rapidement, son frère finirait par rencontrer une fille de
son âge, se marier et peut-être même aller vivre à l'autre
bout du monde. Il avait besoin d'un plan...